KB161308

나는 당신들의 아랫사람이 아닙니다

가족 호칭 개선 투쟁기

일러두기

● 본문에 등장하는 인물명은 가상의 명칭입니다.
● 이 책은 한국여성민우회에 총 4회에 걸쳐 연재된 글을 바탕으로 펴냈습니다.

나는

당신들의

아랫사람이

아닙니다

가족 호칭 개선 투쟁기

배윤민정 지음

푸른숲

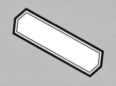

가족 구성원이 '아래'와
'위'로 나누어져 있다는 믿음
호칭을 바꾸면 가족의 위계가
무너질 거라는 허상

입을 열며

이 글은 내가 2018년 한 해 동안 한국 사회의 차별적인 가족 호칭을 바꾸려고 싸워온 과정에 대한 기록이다.

시가에서 '아주버님', '도련님', '형님' 등의 호칭을 바꿔보려 했을 때, 나는 곧바로 '가족 서열'이라는 문제와 부딪쳤다. 서로를 행복하게 부를 수 있도록 평등한 가족 호칭을 찾아보자는 말에, 배우자의 형 부부는 '어떻게 아랫사람이 윗사람에게 그런 제안을 하냐'며 강한 거부반응을 보였다. 이 문제를 놓고 싸움이 벌어지면서, 나는 '손아랫사람'과 '손윗사람'이라는 개념이 가족 관계에서 일종의 신분제처럼 작동한다는 것을 깨달았다. 사회로 나가서 가족 호칭 개선이 필요하다고 말했을 때도 비슷한 반응이 돌아왔다. 결혼한 여자가 시가 구성원들을 부르는 호칭을 바꾸면 가족의 위계가 무너질 거라고 많은 사람이 걱정했다. 가족 구성원이 '아래'와 '위'로 나누어진다는 것은 내 시가뿐 아니라 한국 사회 전반에 퍼져 있는 믿음이었다.

이 서열 구조에 따르면 연장자 남성은 가족 집단에서 가장 위에 있는 존재다. 나머지 구성원은 나이와 성별에 따라 그 밑에 층층이 자리를 배정받는다. 시가에서 '며느리'의 자리는 가장 말단이다. 또한 며느리들 사이에도 배우자인 남자의 나이를 기준으로 위계가 만들어진다. 이 가부장적인 서열 구조는 '아주버님-제수씨', '도련님-형수님', '아가씨-올케', '형님-동서' 등 가족 간에 통용되는 호칭에서 뚜렷하게 드러난다.

내가 서열이라는 관습에 저항하는 이유는, 이것이 가족의 본래 목적인 사랑을 불가능하게 하기 때문이다. 수직적인 서열 구조는 대화와 소통을 방해하고, 이는 곧 가족 내 약자에 대한 억압으로 이어진다.

나는 결혼 전에 배우자는 물론 그의 부모님에게도 각별한 애정을 품고 있었다. 배우자의 형 부부에 대한 인상도 나쁘지 않았다. 시가 구성원들이 전통적인 관습에서 비교적 자유로운 사람들로 보였기 때문에, 우리가 얼마든지 동등한 개인으로 관계를 만들어갈 수 있으리라고 생각했다. 호칭 문제가 불거지면서 '가족 서열'이라는 관습의 민낯을 확인하기 전까지는. 우리가 타인을 억압하지 않는 윤리적 관계로 만나기 위해서는 집단의 구성원이 모두 변화할 수 있는 길을 찾아야 했다.

글을 쓰면서 펜을 잡은 자의 권력에 대해 자주 생각했다. 가족의 이야기가 공개되는 것에 부담을 느꼈을 배우자의 부모님과 배우자의 형 부부에게 너그러운 양해를 구한다. 이 글에 등장하는 모든 인물은 악인이 아니라 저마다의 한계 속에서 몸부림치는 미숙한 개인이다. 이 글에서 누군가가 악역으로 보인다면 전적으로 나의 부족한 필력 탓이다.

가족 제도 안의 가부장적인 문화 때문에 힘겨워하는 사람들에게 내 경험이 하나의 참고 사례가 되었으면 한다. 또한 살면서 부당한 일을 겪었을 때 '내가 예민한가'라는 생각 때문에 차오르는 말을 삼켰던 사람들에게, 말하고 행동하면 반드시 바뀌는 것이 있다는 사실을 전해주고 싶다.

2019년 6월

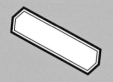

호칭 대신 이름에 '님'자를
붙여서 불러보면 어떨까요?

모든 것은 나의
이 한마디에서 시작되었다

한 해가 시작되던 무렵 그 말을 꺼냈을 때, 시가 구성원들이 놀라고, 분노하고, 밤새 잠을 이루지 못하리라고는 조금도 생각하지 못했다. 특히 배우자의 형과 그의 아내, 나아가 그 아내의 부모님까지 충격을 받고 근심에 휩싸일 거라고는, 그리고 그중 몇몇은 눈물까지 흘리게 될 거라고는 전혀 예상치 못했다.

이 사람들을 분노와 상심으로 몰아넣은 그 말은 무엇이었을까? 내가 어떤 극악무도하고 패륜적인 이야기를 했기에, 그들은 입을 모아 사과하기를 요구했을까?

"우리 모두 '아주버님', '형님', '도련님'이라는 호칭 대신 이름에 '님'자를 붙여서 불러보면 어떨까요?"

모든 것은 나의 이 한마디에서 시작되었다.

동거 가족에서
부부가 되기까지

나는 지금의 배우자인 박두현과 2년 동안 함께 살다가 결혼했다. 처음부터 결혼을 전제로 동거를 하지는 않았지만, 살아보니 그와 함께하는 생활이 마음에 들었고, 적어도 10년 이상은 이 사람과 살고 싶다는 바람을 품게 됐다.

처음으로 두현과 같이 살아볼까 생각했던 계기는, 언젠가 내 집에 놀러 와 가스레인지 닦는 모습을 봤을 때였다. 내가 청소할 때는 한 번도 닦이지 않았던 묵은 때가 사라진 가스레인지. 검은 부분은 검게, 흰 부분은 희게 반짝거리는 가스레인지를 보면서 이 사람과 함께 사는 것도 괜찮겠다고 생각했다. 막연한 생각을 실행으로 옮긴 건 다분히 필요에 의해서였다. 내가 살던 집의 전세 재계약 기간이 다가오던 즈음, 같이 살던 친구가 다른 곳으로 떠나게 됐다. 혼자 살기에는 비용이 부담스러웠기에, 나에게는 새로운 동거인을 맞이하거나 이사라는 선택지가 남았다. 나는 전자를 택했다. 친구가 나가고 남은 방에 남자 친구가 들어오는 것은 내게 자연스러운 일이었다. 그는 나와 가장 가까운 사람인 데다, 금전적으로도 이득이었고, 보안상으로도 안심이 됐다.

다만 '동거'라는 관계가 좋은 선택인지 마음 한구석에서 고민은 되었다. 그때까지 동거 커플에 대해 내가 가지고 있던 막연한 이미지는 가난, 권태, 다툼이 전부였으니까. 주변에도 연인과 함께 살다가 헤어진 친구들이 몇몇 있었는데, 성별을 막론하고 그들은 동거 기간 내내 파트너를 비난하기에 여념이 없었다. 청소를 안 한다, 결벽증이다, 집착이 심하다, 무관심하다…. 거기에 상대방의 음주, 흡연, 금전 문제까지 얽혀 들어가면 듣는 것만으로도 머리가 지끈거릴 지경이었다. 과연 우리가 이 모든 난관을 피해 행복한 동거 가족이 될 수 있을까? 두현은 단출한 짐을 들고 내 집으로 들어섰다. 나는 기대와 걱정이 뒤섞인 마음으로 그를 맞이했다.

나와 함께 사는 동안 두현은 한결같이 열심히 가사 노동을 했다. 요리, 설거지, 방 정리, 쓸고 닦기 등등. 모든 가사 노동 분야에서 두현의 솜씨는 나보다 나았다. 물때 한 점 없는 화장실과 차곡차곡 개켜진 옷가지를 볼 때면 감동마저 느껴졌다. 우리는 머리를 맞댄 채 가계부를 쓰고, 생활비를 아끼느라 멀리 있는 재래시장까지 걸어서 다녔다. 주말이면 맥주를 마시면서 컴퓨터로 영화를 봤고, 때로는 이유 없이 손을 잡고 춤을 췄다. 나는 두현의 손을 잡고 빙빙 돌면서 말했다.

"이렇게 우리 둘이 즐겁게 지낸다고 나라에서 잡아가는 거 아니야?"

두현은 정말 그럴지도 모른다고 웃으면서 대답했다.

그 무렵 두현은 어린이 연극을 만드는 단체에서 일하고 있었다. 그는 공연 스케줄에 맞춰 출근했다가 돌아왔고, 남는 시간에는 그림을 그리거나 공연 소품을 만들었다. 한번은 부직포로 '참새 모자'를 만들기도 했다. 조용한 거실에 싹둑싹둑 가위질 소리가 흘러갔다. 두현은 더없이 진지한 표정으로 갈색 부직포에 참새 부리를 만들어 붙였다. 그런 모습이 내 삶에 서서히 스며들었다.

두현을 만나기 전까지 나는 내가 바다에 떠다니는 한 장의 널빤지에 불과하다고 생각했다. 파도가 치는 대로 이리저리 휩쓸리는 외롭고 무력한 존재. 두현과 함께 산다고 이런 생각이 완전히 사라지는 건 아니었지만, 그래도 두 장의 널빤지가 함께 떠다니는 모습을 떠올리면 이제는 두려움보다는 신나는 기분이 들었다. 내가 아플 때 돌봐줄 이가 있고 힘들 때 기댈 이가 있다는 것. 특별한 의미 없이 흘러가는 내 하루하루를 지켜봐주고 기억해줄 이가 있다는 것. 나는 그런 생각에 깊은 위안을 받았다.

두현과 살기 시작할 무렵 나는 앞날에 대한 고민에 빠져 있었다. 회사를 다니다가 그만둔 다음에 뚜렷한 직업 없이 아르바이트로 연명하던 시기였다. 시간이 지날수록 누군가에게 스스로를 소개하는 일이 어렵게 느껴졌다. 직업이 곧 정체성인 사회에서, 무직 상태인 30대 청년은 투명 인간과 다름없었다. 아니, 투명 인간일 뿐 아니라 수상쩍은 존재였다. 나는 내가 게으르거나, 하자가 있거나, 반사회적인 사람이 아니라고 타인에게 계속 설명해야 한다는 압박감을 느꼈다. 결혼은 그런 압박에서 벗어날 수 있는 한 가지 방법 같았다. 누군가의 아내. 그것만으로 충분하지 않을까? 나는 더 이상 자신에게 묻고 싶지 않았다. 내가 누구인지, 무엇을 할 수 있는지, 무엇을 꿈꾸는지. 결혼을 하면 이 질문들에서 벗어날 수 있을지도 모른다는 어리석은 생각이, 내 머릿속 한구석에 분명히 있었다.

함께 산 지 1년이 넘어갈 때쯤 두현과 나는 결혼이라는 선택지에 대해 이야기하기 시작했다. 한 해만 지나면 전세 계약 기간이 끝날 터였다. 우리는 보증금을 올려주고 전셋집을 재계약하거나, 아니면 이사를 가야 했다. 계속 동거인이라는 관계로 살 것인지, 부부가 될 것인지를 두고 우리는 달력을 보면서 열심히 의논했다.

신혼부부에게는 제도적 혜택이 따랐다. 우선 주택도시기금에서 운용하는 '신혼부부 전용 전세자금' 상품을 통해 낮은 이율로 대출을 받을 수 있었다. 정부에서 만든 각종 신혼부부 전용 주택에 지원해볼 수도 있었다. 또 당장 일어날 일은 아니라 해도, 병원에서 큰 수술을 받게 될 경우 서로의 보호자가 될 수 있다는 것도 안심이 되는 부분이었다. 나는 내가 다치거나 아플 때 다른 누구보다 두현이 옆에 있기를 바랐다.

무엇보다 나에게 매력으로 다가왔던 것은 우리의 관계를 더는 숨길 필요가 없다는 점이었다. 당시 나는 어머니와 아버지에게 두현과 함께 사는 것을 비밀로 하고 있었다. 남자 친구와 함께 산다고 말하는 순간 비난이 쏟아질 것이 뻔했기 때문이다. 앞으로 어떻게 될 줄 알고 남자랑 덜컥 같이 사느냐고 나를 닦달할 어머니의 모습이 눈에 선했다. 나는 부모님에게 굳이 먼저 이야기를 꺼낼 필요는 없다고 생각했다.

두현과 함께 사는 동안 어머니가 결혼 얘기를 꺼낼 때면, 뭐라고 대답해야 할지 몰라 늘 우물쭈물했다. 어머니는 나보다 열다섯 살이 많다는 남자와 선을 보라고 권하며 말했다.

"능력도 없는 주제에 결혼 안 하고 어떻게 살려고?"

나이 많고 돈 많은 남자와 결혼하는 것이 나에게 가장 좋은 선택지라고, 어머니는 진심으로 믿었다. 어머니에게 나는 어디론가 빨리 치워버려야 하는 짐에 불과했다. 가끔은 나도 어머니의 말이 맞는 건지, 결혼을 거래라고 생각하고 한 살이라도 어릴 때 빠른 판단을 내려야 하는 건지 고민했다. 두현과 결혼해도 괜찮을까? 두현이 내가 만날 수 있는 남자 중 가장 조건이 좋은 남자일까? 결혼이 내 인생에서 가장 좋은 선택지일까?

내 부모님과 달리, 두현의 부모님은 우리의 동거 사실을 알고 있었다. 내가 두현의 부모님과 처음 만난 것은 나와 두현이 함께 살기 두어 달 전이었다. 남자 친구의 가족을 만나는 경험 자체가 처음이었기 때문에, 나는 약속한 날을 앞두고 며칠 전부터 긴장했다. 인터넷에는 남자 친구의 가족을 만나는 날 옷을 어떻게 입고, 화장은 어떻게 하며, 선물은 무엇을 준비해야 하는지 묻는 글이 끝도 없이 보였다. 과일을 깎아야 하느냐, 얼마나 예쁘게 깎아야 하느냐, 설거지를 도와야 하느냐…. 한국 여자들만의 고민은 아니었는지, 니나 가르시아Nina Garcia라는 미국 패션지 디렉터도 칼럼에 이렇게 썼다.

남자 친구의 부모에게 인사를 드릴 때만큼 안절부절못하는 상황도 없다. 그의 부모에게 나쁜 첫인상을 주면 앞으로 몇 년 동안 관계가 안 좋을 수 있다. (…) 당신은 예의 바르고 솔직해야 하며 숙녀답고 여성스러워야 한다. 그리고 평소의 자기 모습이어야 한다. (…) 기발하면서 마음을 사로잡는 성격을 지닌, 아름답고 독립적인

모습을 보여라. 줄리아 로버츠나 카메론 디아즈를 떠올리면 된다.[1]

나는 더욱 혼란에 빠졌다. 첫인사 자리에서 두현은 분위기를 띄우려고 높은 목소리로 나를 소개했다. 두현의 부모님과 나는 중식당에 마주 앉아 어색하게 웃었다. 모두가 인사를 나눈 다음 잠깐 정적이 흘렀다. 나는 두현의 부모님이 나에게 무엇을 물을지 생각했다. 직업, 학력, 가족 관계… 내 부모님의 재력? 두현의 아버지가 나에게 첫마디를 건넸다.

"자네는 신이 있다고 믿는가?"

나는 당황했다.

"잘 모르겠어요."

"그렇지. 알 수가 없는 거야."

두현의 아버지는 고개를 끄덕였다. 두현의 부모님 모두 종교가 없다는 사실을 알던 터라 이 질문의 엉뚱함에 웃음이 났

---

1   나나 가르시아, 《나나 가르시아의 룩북》, 시드페이퍼, 2012.

다. 훗날 알게 됐지만, 신의 존재 여부나 우주의 이치, 도 닦기 등은 두현의 아버지가 가장 즐겨 이야기하는 주제였다.

그날 두현의 부모님과 함께한 자리에서 내가 예상했던 질문은 하나도 등장하지 않았다. 두현의 부모님은 나에게 무언가를 묻기보다는 자신들의 일상을 이야기했다. 나는 두현의 아버지가 온라인으로 중국어를 공부한다는 것, 두현의 어머니가 체중 관리를 위해 기름진 음식을 피한다는 것, 두 사람 모두 골프와 여행을 좋아한다는 것 등을 알게 되었다.

두현은 메뉴판을 보다가 '전가복'이라는 요리를 시켰다. 잠시 후에 차림사가 음식이 담긴 접시를 들고 왔다. 걸쭉하고 반투명한 소스에 청경채, 버섯, 새우 등이 들어 있었다. 두현이 작은 접시에 음식을 덜어서 돌렸다.

"전가복이라는 이름은 '온 가족이 다 모여서 행복하다'라는 뜻이래요."

우리는 두현의 말을 듣고 고개를 끄덕였다. 두현은 이 자리에 형이 빠졌다며 아쉬워했다.

두현과 함께 사는 시간이 길어지면서, 나는 두현의 부모님과도 점차 가까워졌다. 두현의 부모님은 빵과 과일을 한 아름 안고 우리 집으로 찾아오곤 했다. 두현은 부모님과 마주 앉아서 오랫동안 이야기를 나눴다. 일상의 사소한 에피소드부터 정치며 예술 분야까지, 두현과 두현 부모님의 얘깃거리는 끝이 없었다. 나는 꼭 필요한 말이 아니면 대화를 나누지 않는 분위기 속에서 자랐기에, 이런 모습이 무척 신선하게 느껴졌다. 두현의 어머니는 두현과 공유하는 소소한 추억들을 들려주곤 했다.

"두현이가 대학에 다닐 때 갑자기 디지털 피아노를 사달라고 조르는 거 아니겠니. 그래서 사주니까 그 뒤로 한 번도 안 치는 거 있지. 결국 피아노가 자리만 차지하게 돼서 나중에 헐값에 팔아버렸어."

두현은 막상 피아노가 생기니까 치기가 싫었다며 머리를 긁적였다. 두현의 아버지는 어처구니없다는 듯 웃었다. 두현의 어머니는 그때 한 개척 교회에서 피아노를 사겠다고 연락을 해와, 두현과 두현의 아버지가 경기도에서 부산까지 차를 몰고 가서 피아노를 넘겨주고 왔다고 했다. 그러고는 이렇게 덧붙였다.

"그래도 나는 잘 샀다고 생각해."

나에게는 이런 너그러운 태도 또한 신선했다. 두현의 가족들이 두런두런 이야기 나누는 소리를 듣고 있으면 까닭 모르게 마음이 편안해졌다. 부모란 이런 존재일까? 아무것도 걱정할 것 없어. 마음 놓고 이 자리에 있으면 돼. 두현의 부모님은 늘 그렇게 말하는 것 같았다. 시간이 느긋하게 흘러갔다. 배가 고파지면 우리들은 집 밖으로 나가서 무엇을 먹을지 골목길을 기웃거렸다. 파스타, 추어탕, 칼국수…. 넷이 함께 슬렁슬렁 걸어 다니고 있자면, 늘 다니던 거리인데도 꼭 여행을 온 것 같은 기분이 들었다. 두현은 작별 인사를 할 때면 어머니와 아버지를 꼭 껴안았다.

"어머니, 아버지, 사랑해요."

두현의 부모님은 다 큰 애가 왜 이러냐고 하면서도 두현의 등을 토닥거렸다. 두현의 아버지는 운전대를 잡기 전에 나에게 악수를 청했다.

"오늘 참 즐거웠어."

늘 같은 인사말이었다. 나와 두현은 길가에 서서 두현 부모님의 자동차가 보이지 않을 때까지 손을 흔들었다. 이 사람

들과 가족이 된다면 어떨까? 그런 상상을 하면 고요한 바다
를 나아가는 작은 뗏목이 떠올랐다. 한 장의 널빤지에 불과했
던 내가 이제는 뗏목의 일부가 되는 것 같았다.

두현과 내가 결혼하겠다고 운을 떼웠을 때, 양가의 부모
님은 반색했다. 두현의 어머니는 우리가 동거만 할까 봐 걱정
했다면서, '이제 됐다'고 고개를 끄덕였다. 그간 내색은 안 했
지만 이대로 같이 살다가 헤어지면 민정이의 인생에 흠이 될
까 불안했다는 것이었다. 내 어머니는 큰 짐을 내려놓은 양 홀
가분한 목소리로 말했다.

"네가 결혼한다니까 마음이 놓인다."

난생처음 효도를 한 것 같아 기분이 묘했다.

상견례부터 결혼까지는 물 흐르듯 흘러갔다. 사회의 시스
템이 완벽하게 짜여 있어서 우리는 거기에 몸을 맡기기만 하
면 됐다. 상견례는 내 부모님이 사는 경상도에서 이루어졌고,
어머니가 선택한 한정식 집에서 밥을 먹었다. 나중에 이야기
를 들어보니 고향 친구들 모두 같은 식당에서 상견례를 치렀
다고 했다. 이어 두현과 나는 빈티지 스타일의 스튜디오에서
웨딩 촬영을 했고, 서울 청담동 웨딩 거리를 빙글빙글 돌며 드
레스와 턱시도를 골랐다. 집, 결혼식, 신혼여행 비용은 양가에

서 똑같이 절반씩 부담하기로 했다. 예단과 예물은 생략했다.

결혼식을 앞두고 나는 피부 관리실에서 마사지를 받았다. 방의 조명은 어둑했고 음악 소리는 잔잔했다. 나는 오일을 발라주는 손길에 몸을 맡긴 채 생각했다. 두현의 부모님은 성격이 온화하고 사고방식도 고리타분하지 않다. 그들은 내가 밥을 차리지 않고, 과일을 깎지 않아도 한 번도 나쁘게 얘기한 적이 없다. 두현의 집은 제사도 안 지내고, 김장도 안 하고, 명절 음식도 안 한다. 두현은 요리와 청소를 열심히 한다. 그렇다면 무엇이 문제겠는가? 아내이자 며느리에게 부여되는 '노동'만 아니라면, 무엇이 내 결혼 생활에 먹구름을 드리우겠는가?

마사지사가 목덜미를 지그시 눌렀다. 나는 결혼을 통해 내가 얻게 될 것을 생각했다. 양가에서 분배되는 재산, 신혼부부에게 주어지는 주거 혜택, '가족'을 이루었다는 안정감. 우리 둘이 딱히 자녀에 대한 생각이 없다고 밝혔을 때도 양가의 부모님들은 아이가 없는 것도 괜찮은 삶이라고 입을 모아 말했다. 시가에서 출산을 독촉해서 괴로워하는 친구들을 여럿 봐 왔기에 나는 양가 부모님들의 이런 태도가 몹시 반가웠다. 두현은 나중에 생각이 바뀌어서 우리가 아이를 가지게 된다면 내가 직장 생활을 하고 자신이 육아를 맡아도 좋다고 말했다. 나만큼은 결혼한 여자들이 걸려 넘어지는 허들을 모조리 피할 수 있다고 생각하며, 나는 자신만만하게 미소 지었다.

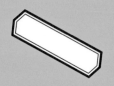

호칭을 쓰면 쓸수록
묘하게 불쾌한 기분에 사로잡혔다

아무도 나에게
'님'자를 붙이지 않았다

양가 상견례가 끝나고 두현과 내가 예식장을 알아볼 때였다. 두현의 형인 재현이 결혼을 하겠다고 선언했다. 여자 친구가 생겼다고 들은 지 얼마 지나지 않았던 때라 나와 두현은 깜짝 놀랐다. 우리는 10월쯤으로 결혼식 날짜를 생각하고 있었는데, 재현은 그보다 앞선 6월에 여자 친구와 식을 올리겠다고 했다. 두현의 부모님은 두 아들의 결혼식을 한꺼번에 준비하느라 분주한 나날을 보냈다.

한번은 재현의 결혼식을 앞두고 여섯 사람이 만나서 외식을 했다. 두현 아버지의 생일을 축하하려고 모인 자리였다. 부모님과 두 형제, 형제의 예비 배우자들은 해물이 산더미처럼 쌓인 냄비를 가운데 두고 마주 앉았다. 두현의 아버지는 술을 시켜서 모두에게 한 잔씩 따라주었다. 아내, 첫째 아들, 둘째 아들, 첫째 아들의 여자 친구인 수진, 마지막으로 둘째 아들의 여자 친구인 나.

술을 따라주느라 갈지자로 엇갈리는 두현 아버지의 팔을 보면서 나는 잠깐 생각에 잠겼다. 이 자리에 모인 사람들에게는 지극히 자연스러운 순서가 나에게는 왜 이렇게 이상하게 보일까? 나란히 앉은 사람을 건너뛰어 두 아들에게 먼저 술을 주는 것도 부자연스러웠고, 연장자 우선이라고 하기엔 굳이 따지자면 내가 수진보다 몇 달 먼저 태어났으니 그것도 아니었다. 시아버지가 예비 며느리에게 술을 따라주는 것만으로도 한국 가정에서는 너무나 탈권위적인 행동인데, 이 순서까지 의식하는 내가 지나친가? 쪼잔한가? 훗날 호칭에 대한 문제를 제기했다가 재현에게 '가족 서열'에 대한 일장 연설을 들으면서, 나는 이 사소한 기억을 다시금 떠올렸다.

두 쌍의 결혼식이 끝나고부터 여섯 명의 친족 구성원들은 복잡한 호칭으로 서로를 부르게 됐다. 누가 나서서 시킨 것도 아닌데 호칭 체계가 일사불란하게 만들어졌다.

1. 나는 두현의 어머니와 아버지를 각각 '어머님'과 '아버님'이라고 불렀다. 그들은 나를 '민정이'라는 이름으로 불렀다.

2. 나는 두현의 형인 재현을 '아주버님'이라고 불렀다. 재현은 나를 '제수씨'라고 불렀다.

3. 나는 재현의 아내인 수진을 '형님'이라고 불렀다. 수진은 나를 '동서'라고 불렀다.

4. 수진은 두현을 '도련님'이라고 불렀다. 두현은 수진을 '형수님'이라고 불렀다.

처음에는 나도 낯선 호칭을 입에 붙여보고자 애를 썼지만, 이 호칭을 쓰면 쓸수록 묘하게 불쾌한 기분에 사로잡혔다. 가장 이상했던 점은 이들 중 아무도 나에게 '님'자를 붙이지 않는다는 사실이었다. 나는 시가 구성원들을 모두 '아버님', '어머님', '아주버님', '형님'이라고 부르는데 나에게 동등한 존칭을 쓰는 사람은 아무도 없었다. 특히 재현과 나는 서로 모르는 사이나 다를 바 없는데, 왜 한쪽은 '아주버님'이고 다른 한쪽은 '제수님'이 아니라 '제수씨'인지 의문이었다.

'형님'과 '동서'라는 호칭도 이상하긴 마찬가지였다. 왜 형이나 동생과 결혼했다는 이유만으로, 나이가 같은 두 여자 사이에서 호칭의 차등이 생기는 걸까? 여자들이 온전한 개인이 아니라 배우자에게 종속된 존재로 취급받는 것 같아 기분이 좋지 않았다.

또한 두현이 수진에게 '도련님'이라고 불리는 것도 이상했다. 조선 시대에 하인이 양반집 아들을 부르는 것도 아닌데 웬 도련님? 두현에게는 여동생이 없었지만, 생각해보면 '아가씨'라는 호칭도 이상한 말이었다. 여자들은 배우자의 형제자매를 부를 때 왜 이렇게 시대착오적인 호칭을 사용해야 하는 걸까? '도련님'과 '형수님'의 경우엔 모두 끝에 '님'이 붙지만 결코 대등한 호칭으로 볼 수 없었다. '형수님'이라는 호칭에 형의 아내를 높여 이른다는 것 말고는 어떤 의미도 없는 반면, '도련님'에는 과거 신분이 낮은 사람이 높은 사람을 부를 때 사용했던 호칭이라는 역사적 맥락이 들어 있기 때문이다. 그런 의미에서 한쪽에서 사극에서나 나올 법한 '도련님'이라는 호칭을 쓴다면, 상대편은 '마님'이라는 호칭 정도는 써야 하지 않을까? 게다가 아내의 형제자매에 대한 호칭으로 말하자면, 남편은 그저 '처형', '처남', '처제'라고 부르면 그만이었다.

처음 얼마간 전통적인 호칭대로 시가 구성원들을 부르던 나는, 어느 순간 호칭을 입에 올리는 일 자체를 피하게 되었다. 그렇지만 상대방의 얼굴을 보며 다짜고짜 말을 시작하거나, '저기…' 같은 감탄사로 운을 띄우는 것도 한두 번이었다. 몇 마디 말이 아니라 대화를 하려면 상대를 자유롭게 부를 수 있어야 했다. 어느덧 나는 여섯 사람이 모인 자리에서 말없이 웃고 있는 여자가 되어 있었다. 호칭에 신경을 쓰다보니 꼭 해야 할 말이 아니면 차라리 침묵을 지키는 쪽을 택하게 된 것이다. 어쩌면 차별적인 가족 호칭 문화가 대물림되어온 진짜 목적은 이것인지도 몰랐다. 여자들이 시가에서 입을 닫도록 하는 것.

시가 구성원이 모인 자리에서 미소만 짓고 있는 사람은 나만이 아니었다. 수진도 마찬가지였다. 이 자리에선 보통 두현의 아버지가 대화를 주도했다. 두현의 아버지는 두 아들에게 가정과 직장 생활이 무탈한지 물었고, 두현과 재현은 아버지의 질문에 대답하며 이야기를 이어갔다. 나와 수진 개인에 대한 이야기가 화제로 오르는 경우는 없었다. 우리는 자신의 생각이나 취향을 드러내는 말을 거의 하지 않았고, 그것을 묻는 사람도 없었다. 어쩌다 수진과 내가 입을 열어도, 배우자가 회사 일 때문에 너무 바쁘다거나 배우자의 건강이 염려된다는 식의 말을 하는 것이 고작이었다. 반드시 그런 얘기만 하라고 정해진 것은 아니지만 분위기가 그렇게 흘러갔다.

시가 모임이 끝나고 나면 가슴속에 석연치 않은 기분이 남았다. 나는 결혼 전 두현의 부모님과 만나서 즐겁게 이야기하던 기억을 떠올리면서 그때와 달라진 것이 무엇인지 생각했다. 가족 구성원이 늘어나고 복잡한 호칭 관계가 만들어지고 나니, 남자를 중심으로 가족 구성원들의 위계를 정하는 관습이 뚜렷하게 드러났다. 전에 내가 두현의 부모님을 '어머님'과 '아버님'이라고 부를 때 장유유서의 관습만을 의식했다면, '아주버님-제수씨'와 '형님-동서' 호칭에서 느낀 것은 배우자에게 종속된 존재로 전락했다는 감정이었다. 시가 모임에서 오직 남편과 관련된 이야기만 하게 되는 경향도, 남편의 나이를 기준으로 구성원들과의 관계가 정해지는 부계 중심적인 질서와 무관하지 않았다. 막연하게 가슴속에 떠돌던 기분은 점점 구체적인 질문으로 떠올랐다. 나는 두현의 가족들과 평등한 관계로 만나고 있는 걸까?

【 여자의 가족 】

어머니	**아버지**
장모님	장인어른
(새)언니	**오빠**
아주머니, 처남댁	형님, 처남
형부	**언니**
형님, 동서	처형
올케	**남동생**
처남댁	처남
○서방(님), 제부	**여동생**
동서, ○서방	처제

【 남자의 가족 】

아버님	**어머님**
아버지	어머니
아주버님	**형님**
형	형수님
형님	**아주버님, 서방님**
누나	자형, 매형, 매부
도련님, 서방님	**동서**
남동생	제수씨
아가씨	**서방님**
여동생	매부, 매제, ○서방

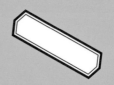

상대와 내가 수평적인 관계로
만날 수 있는 호칭은 없는 걸까?

호칭은
관계의 출발점

나는 결혼한 친구들을 만나서 물어봤다.

"너, 남편 동생한테 '도련님'이라고 불러?"
"부르지."
"불편하지 않아?"
"싫지."

"너는 남편 형한테 '아주버님'이라고 불러?"
"글쎄, 서로 부를 일이 거의 없어."

"너는 시가에서 '아가씨' 같은 말 써?"
"아니, 꼭 불러야 할 때는 '저기요' 정도?"

내가 만난 친구들 모두 시가 구성원들을 부르는 호칭이 싫다고 입을 모았다. 그러면서도 바꾸려고 해봤다는 사람은 없었다. 대체로 아주버님이나 도련님과 자주 만나는 사이가 아니니, 불편해도 그때만 참고 지낸다는 것이었다. 혹은 아이가 생기면 아이 이름을 넣어 'OO(이) 삼촌' 등으로 부를 수 있으니까 시간이 해결해줄 거라고 말하기도 했다. 그렇다면, 아이를 낳지 않으면 영원히 호칭을 바꿀 수 없는 걸까?

결혼한 이후 한 회사에 취직했을 때, 직장 동료들에게 물어봐도 비슷한 대답이 돌아왔다. 한 동료는 남편에게 남동생이 있지만 자주 만나는 것도 아니고, 만나도 서로를 부를 일이 없기 때문에 호칭을 바꾸려고 해본 적은 없다고 말했다. 또 다른 직장 동료는 남편의 여동생에게 '아가씨'라는 호칭을 쓴다면서, 이런 호칭이 싫긴 하지만 '책상'이나 '의자' 같은 이름일 뿐이라고 생각하면 못 부를 것도 없다고 했다. 하지만 가뜩이나 각종 경칭으로 상대방과 나의 위계를 엄격하게 따지는 한국어의 구조에서, 그것도 가족 관계의 호칭이 아무런 가치 판단도 들어 있지 않은 단어라고 생각하기란 힘들었다. 사물의 명칭과는 달리, 사람을 부르는 호칭에는 관계에 대한 인식이 들어 있지 않은가. 누군가를 부를 때 책상이나 의자를 부르는 것이나 다름없다고 자신을 설득해야 하는 상황 자체도 씁쓸했다.

주위에서 들은 얘기를 종합해보면, 많은 여자들이 시가 구성원을 부르는 호칭에 불편함을 느끼지만 참거나 외면하는 식으로 대처하고 있었다. 전통적인 호칭으로 시가 구성원들을 부르든, 아예 부르지 않든 그 밑에 깔려 있는 감정은 인내였다. 왜 우리가 참아야 하지? 나는 생각했다. 그런다고 무슨 보상이 주어지는 것도 아닌데, 불필요하게 무언가를 참고 견디기엔 그 시간이 너무 아까웠다. 마찬가지로 누군가가 '참고 견디며' 나와 시간을 보낸다면, 나 역시 편안한 마음으로 상대를 대할 수는 없을 것 같았다. 모두가 조금씩 불편함을 느끼는 일이라면 얼마든지 바꿔볼 수 있지 않을까?

내가 시가 구성원들의 호칭을 바꾸려 한다고 했을 때, 한 친구는 '시'자 붙은 사람들하고는 안 섞이고 사는 게 최선이라고 말했다. 나는 동의하지 않았다. 상대와 내가 어떤 상황과 조건에서 만났든, 서로를 알기도 전에 마음의 벽을 칠 필요는 없다고 생각했다. 한국 사회에서 시가라는 집단이 쌓아온 악명이 있지만, 선입견 때문에 두현의 가족들을 말이 통하지 않는 사람들로 가정하고 관계를 포기하고 싶진 않았다. 나는 시가 구성원들과 사이좋게 지내고 싶었고, 그들도 같은 마음일 거라고 믿었다. 우리가 계속 만날 사이라면, 이 관계를 잘 쌓아갈 의무는 나와 시가 구성원 모두에게 똑같이 부여되는 것이라 생각했다.

나는 먼저 배우자인 두현에게 말했다.

"나는 '아주버님'이라는 호칭이 어색하고, '제수씨'로 불리기도 싫어."

"하긴 나도 '도련님'이라고 불리는 게 낯간지럽긴 해. '제수 씨'라는 호칭도 어감이 안 좋고."

나는 이 호칭이 미학적으로 고리타분할 뿐 아니라 성차별적인 속성도 가지고 있다고 설명했다. 남자는 배우자의 형제자매를 '처형', '처남', '처제'라고 부르면 그만인데 여자는 배우자의 형제자매를 온통 높여서 불러야 하지 않나, 너무 불공평한 일이다. 두현은 내 말에 동의하면서 어떤 대안이 있을지 물었다. 나는 두현에게 말했다.

"자기 형 부부랑 우리 부부랑 다 같이 이름에 '씨'자 붙여서 부르는 것도 괜찮지 않을까? 수진 씨, 재현 씨, 두현 씨, 민정 씨 이렇게."

두현은 다음에 다 같이 만나서 이야기를 해보자고 가볍게 대답했다. 두현의 어머니에게 호칭 얘기를 꺼냈을 때도 비슷한 반응이었다. 두현의 어머니는 네가 불편하다면 한번 바꿔보자고 대수롭지 않게 말했다. 하지만 두현의 아버지는 조금 망설이는 기색이었다.

"'누구 씨' 하고 부르는 건 하대하는 느낌이 들지 않을까?

나라도 나이 어린 사람이 이름에 '씨'자를 붙여서 부르면 기분이 안 좋을 것 같은데."

"두현이 형이랑 저랑 세 살밖에 차이가 안 나는데 그렇게 불편할까요…. 그럼 서로 '아주버님'이랑 '제수님'으로 부르는 건 어때요? 나머지 사람들은 '누구 씨' 하고요."

"글쎄. 그걸 네 마음대로 정할 수가 있겠어?"

두현의 아버지는 직장에 다닐 때 여자 직원들이 처음에 '김양'이라고 불리다가, 나중에는 '미스 김'이 되고, 결국 마지막에 '김아무개 씨'가 됐다며, 가족 호칭도 시간이 지나면 바뀌겠지만 지금은 네가 어쩔 수 없지 않겠느냐고 말했다. 그러나 사람들이 아무런 불만도 말하지 않고 기다리기만 했는데 직장에서의 호칭이 어느 날 갑자기 바뀌었을 리 없었다.[2] 나는 내 마음대로 하자는 게 아니라 함께 의견을 나눠보고 싶다고 얘기했다.

2   (주)금성사에서 사내 여직원에 대한 호칭 문제가 거론되기 시작한 것은 지난 87년 무렵. 노사 분규 등을 통해 여사원에 대한 전반적 처우가 개선되면서 여자 동료·부하 직원들을 미스 ○○양이 아니라 남자 사원과 마찬가지로 ○○씨로 부르자는 조심스런 움직임이 사내 곳곳에 나타났다. 부서·사업장 별로 회람 공문이 돈 것을 비롯, 사원 간에 서로의 이름 끝에 씨자를 붙인 호칭을 의식적으로 사용하는 노력들이 진행됐다. 이 같은 사내 분위기를 반영해 88년부터는 신입 사원에 대한 직장 예절 교육 과정에 여사원들에 대한 호칭 예절 부분이 첨가됐다는 것이 회사 측의 설명이다. (1991, 〈중앙일보〉, 직장에서 여직원 호칭 "○○○씨 라고 불러주세요")

"사실 두현이 형 배우자도 '도련님'이라는 호칭을 쓰는 게 불편하지 않을까요? 제 친구들 얘기를 들어보면 '아주버님'이나 '형님'보다도 '도련님', '아가씨'라는 말이 싫다고 하거든요."

두현의 어머니는 그러고 보니 올케도 자신에게 '아가씨' 소리를 한 적이 없다고 얘기했다. 두현의 아버지는 사실 자신도 젊은 시절 처가에 갔을 때 나이 어린 손윗사람이 '박 서방'이라고 불러서 기분이 나빴던 적이 있다고 하면서도 이렇게 말했다.

"어느 집이나 그런 문제가 있는 거야."

두현의 아버지는 대수롭지 않은 일을 심각하게 생각할 필요가 없다고 했다. 나는 이렇게 여러 사람이 불편함을 느끼는데 왜 같이 바꿔보려고 하지 않는지 궁금했다.

내가 결혼하고 1년쯤 지나, 내 남동생도 결혼하겠다는 소식을 알려 왔다. 나는 추석 연휴에 두현과 함께 경상도에 있는 부모님 댁으로 내려갔다. 남동생의 배우자가 될 사람이 인사를 한다고 찾아왔다. 그 사람은 우리 부부를 보자마자 나에게는 '형님', 두현에게는 '아주버님'이라는 호칭을 썼다. 나는 상황을 살피다가 입을 열었다.

"저는 이 호칭들이 좀 불편한데 이름에 전부 '씨'자를 붙여서 부르는 건 어때요?"

그는 난처한 얼굴로, 내 배우자를 '두현 씨'라고 부르는 건 이상할 것 같다고 말했다. 옆에 있던 어머니도 누구 씨라는 호칭은 좀 아닌 것 같다고 거들었다. 불편해도 부를 말이 따로 없지 않냐. 너 하나 싫다고 별수 있냐. 어머니 역시 아주버님이니 도련님이니 하는 호칭이 마음에 들지는 않는다면서도, 대체어가 없으니 할 수 없다는 입장이었다.

남동생은 '씨'라는 호칭은 자신보다 어린 사람을 부를 때 쓰는 말이 아니냐고 물었다. 나는 나이가 어린 사람을 가리킬 때뿐 아니라 수평적인 관계에서도 쓸 수 있는 호칭이라고 생각했는데, 남동생이나 어머니는 영 거북하다는 반응이었다. 결국 그날의 대화는 내 호칭을 '형님'에서 '언니'로 바꾸는 데서 마무리됐다. 나는 남동생의 예비 배우자를 'OO 씨'라고 불렀다. 그것이 '오라비의 계집'에서 유래한 '올케'[3]보다는 나

---

3   '올케'는 20세기 문헌에 처음 나타난다. '올케'의 기원에 대해서는 '올케'가 '오빠나 남동생의 아내'를 이르는 말이라는 것에 유추되어 '오라비+겨집'의 합성으로 이루어진 말이라는 견해가 있다. 17세기 문헌에서도 '오라비 계집'의 형태로 나타난다. '오라비 계집'이 어떤 음운 변화 과정을 거쳐 '올케'가 되었는지 명확히 설명할 수 없지만, 의미상 '올케'가 '오라비 겨집' 형태와 관련이 있다는 것은 무시할 수 없다(국립국어원 누리집 〈국어 어휘 역사〉. https://www.korean.go.kr/front/onlineQna/onlineQnaView.d o?&mn_id=&qna_seq=108627&pageIndex=1)

은 호칭같았다. 한쪽에서는 '언니'라고 하고 다른 한쪽에서는 이름에 '씨'자를 붙이는 것도 마음에 들지는 않았지만, 대안이 떠오르지 않았다.

이 문제를 두고 가족들과 이야기를 나누면서, 나는 한국 사회에 중립적인 호칭이 없다는 것을 깨달았다. 포털 사이트의 국어사전 메뉴에서 '씨'라는 단어를 검색하면 어법에 대한 설명이 이렇게 나온다.

'박씨', '이씨'처럼 성姓 뒤에 붙어 쓰이면 다소 낮춤의 경향이 있으며, '영숙 씨', '준태 씨'처럼 이름 뒤에 붙어 쓰이면 친분은 있으나 아주 가깝지는 않은 느낌이 있다. 이 경우, 아랫사람이 윗사람에게 쓰지는 않는다. 한편 '홍길동 씨', '이영만 씨' 등처럼 성명 뒤에 붙어 쓰이면 공손의 뜻이 있어 어른에게도 쓸 수는 있으나, 이는 병원이나 관공서 등 사무적이거나 공식적인 곳에서 손님이나 방문객을 부를 때 종종 쓰인다.

나는 이 글을 보면서 한참 고민했다. 사적인 관계에서 위계를 만들지 않는 호칭은 없을까? 친구끼리 하듯이 '누구야' 부르는 것보다는 격식을 갖추되, 상대와 내가 수평적인 관계로 만날 수 있는 호칭은 없는 걸까?

당시 나는 한국여성민우회의 한 독서 모임에서 회원으로

활동하고 있었다. 모임에 가입한 것은 결혼하고 얼마 지나지 않아서였다. 페미니즘에 관심을 가지기 시작하면서 공부 욕심도 났고, 비슷한 관심사를 가진 친구도 만나고 싶었다. 모임이 열리면 보통은 서너 명, 많게는 열 명까지도 자리에 참석했다. 우리들은 이름 대신 별명으로 서로를 불렀다. 나는 '청개구리'와 '오리'를 더해서 만든 '청오리'라는 별명을 썼다. 이 모임에서 나이, 학력, 직업, 결혼 여부는 먼저 밝히지 않는 이상 묻지 않는 것이 원칙이었다.

나에게는 무엇보다 나이를 떠나서 대화하는 경험이 유쾌했다. 나이에 대한 정보가 사라지고 나니 이 사람은 어려서 경험이 부족할 거라든가, 이 사람은 나이가 많아서 고리타분할 거라든가 하는 선입견 없이 상대의 이야기를 들을 수 있었다. 물론 외모가 주는 정보는 있었지만, 나이부터 묻고 언니, 누나, 오빠, 동생으로 나누어 관계를 시작하는 것보다는 훨씬 더 개인 대 개인으로 만나는 느낌이었다. 나이로 위계를 만드는 문화에서 벗어나자 친구 관계의 폭이 훨씬 넓어졌다. 독서모임에는 눈대중으로 짐작건대 20대 초반부터 40대 초반까지 다양한 연령대의 사람들이 있었는데, 이들 모두와 대등한 친구 관계로 지내면서 나는 거의 해방감마저 느꼈다. 이렇게 위계 없는 인간관계가 만들어진 데는 별명을 부르는 문화도 한몫했다. 상대방과 나는 호칭을 통해 서로를 인식했고, 그 인식을 바탕으로 관계를 만들어갔다. 이를테면 호칭은 사람들이 관계를 시작하는 출발점이었다.

남동생의 예비 배우자와 만난 날 저녁, 나는 독서 모임의 단체 대화방에서 가족 호칭에 대한 고민을 털어놓았다.

"저는 도련님, 아가씨, 아주버님, 형님, 올케 같은 호칭이 너무 싫어서 요새 시가랑 본가에 가면 호칭을 좀 바꿔보자고 얘기하고 있거든요. 사람들하고 얘기해보면 이런 호칭이 남성 중심적이고 차별적이라는 데는 동의하면서도 대체어가 없다고 하네요. 저는 전부 '○○ 씨'로 통일했으면 좋겠는데, 다들 그건 좀 이상하대요. 한국 호칭 문화 진짜 싫어요. ㅠㅠ"

모임의 회원들은 말했다.

"대체어가 없네요. 차라리 영어로 대화하는 게 나을까요?"
"차라리 영어 문화였음⋯. 아님 통일돼서 전부 '동무'라고 하는 게 좋겠어요. ㅋㅋ"
"이름으로 부르는 게 좋을 것 같아요. 역할로만 부르니까 친척들 이름 많이 까먹었어요. 할아버지, 할머니 이름도 가물가물하네요."

나는 고개를 끄덕였다. 게다가 나 역시 돌아가신 할아버지의 이름은 기억하지만 돌아가신 할머니의 이름은 생각나지 않는다는 것도 깨달았다.

"정말 할머니 이름은 생각이 안 나네요. 애 낳으면 누구 엄마로 불리고… 누구 할머니로 불리고…."
"결혼 생활 웹툰 재밌게 봤는데 그런 부부는 다 꿈인가요…."

대화창에 팔뚝을 번쩍 들고 있는 여자 이모지가 올라왔다. 한 회원이 말했다.

"그래도 시가에 호칭을 바꾸자고 요구하셨다는 이야기도 전 꿈처럼 여겨지는걸요? 우리가 여기까지 오다니요. :)"

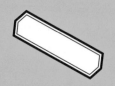

그 피로를 감당할 각오가 되어 있나?
나는 확신할 수 없었다

제수씨?
민정 씨!

2017년 초, 수진의 임신 소식이 들려왔다. 내가 두현의 부모님에게 가족 호칭에 대한 제안을 꺼낸 지 몇 주 지나지 않아서였다. 그 이후로 한동안 시가 모임에선 수진을 볼 수 없었다. 서로 만나지 않으니 호칭을 사용할 일도 없었다. 재현과 두현의 부모님, 우리 부부끼리 한 번 만난 적은 있었지만 그 자리에서 화제는 단연 수진의 임신과 출산 계획이었다. 한 사람이 빠진 자리에서 호칭을 정할 수는 없었다. 곧이어 두현의 부모님이 장기간 해외여행을 떠났다. 모두의 만남이 뜸해지면서 가족 호칭에 대한 나의 제안은 흐지부지되었다.

두현의 부모님이 석 달 만에 여행에서 돌아왔을 때 여섯 사람은 오랜만에 한자리에 모였다. 수진은 부른 배를 쓰다듬으며 아이의 이름을 무엇으로 하면 좋을지 고민이라고 말했다. 두현과 두현의 부모님은 수십 개의 이름을 꼽으면서, 어떤 이름이 좋고 어떤 이름이 나쁜지 열띠게 토론했다. 나는 고민했다. 모처럼 만났으니 우리들의 호칭에 관해서도 이야기할 수 있지 않을까? 한창 아기의 이름을 상의하고 있는데 너무 엉뚱한 주제를 꺼내는 걸까?

처음에는 별것 아니라고 생각했는데, 자리에 앉아 있을수록 이야기를 꺼내는 것이 마냥 쉽지만은 않다는 생각이 들었다. 나를 망설이게 하는 가장 주요한 감정은 어색함이었다. 그때까지 이런 자리에서 수진과 나는 보통 배우자와 관련된 주제만을 이야기했다. 두현의 아내, 제수씨, 동서라는 역할에서 벗어나 나에 대해서 말하려니 갑자기 낯선 느낌이 덮쳐 왔다. 나는 이렇게 생각해요. 나는 이런 것이 불편해요. 머릿속에서 말이 뱅뱅 맴돌았다. 늘 그랬듯이 내가 입을 닫고 있어도 사람들의 이야기는 자연스럽게 흘러갔다. 이들의 대화가 끊기기를 기다릴까? 식사를 끝내고 차를 마실 때쯤 얘기를 꺼내면 어떨까? 나는 눈치를 살폈다. 식사를 마치자 재현과 수진은 볼일이 있다며 일어섰다.

"동서, 도련님, 다음에 우리 집에 놀러 와요."

수진이 말했다. 나와 두현은 고개를 꾸벅 숙였다.

재현과 수진 부부가 떠난 다음에, 나는 호칭 이야기를 하고 싶었는데 타이밍을 잡기 어려웠다고 말을 꺼냈다. 두현의 어머니는 그간 여러 가지로 일이 많아 네 제안을 잊고 있었다며, 다음을 기약하자고 했다.

시간이 지나 수진이 출산했다는 소식이 들려왔다. 나와

두현은 인사를 하러 병원으로 찾아갔다. 두현의 부모님이 병원 로비에서 기다리고 있었다. 두현의 아버지는 정장 차림이었는데, 나중에 알고 보니 아기에게 첫인사를 한다는 의미로 옷을 갖춰 입은 것이었다. 나와 두현, 두현의 부모님이 인사를 나누는 사이에 재현이 엘리베이터를 타고 내려왔다. 나는 아기 옷과 돈 봉투가 든 쇼핑백을 내밀었다.

"아빠 되신 거 축하드려요!"
"고맙습니다, 제수씨."

두현이 잽싸게 끼어들어 장난스럽게 말했다.

"형, 민정 씨라고 불러."
"응?"

두현의 어머니도 거들었다.

"그래. 민정이가 요새 페미니즘 공부를 하는데, 가족 호칭이 문제라서 바꿔보자고 얘기했어."

두현이 덧붙였다.

"그치. 민정이는 페미니스트야."

나는 두현 어머니와 두현의 말을 들으며 당황했다. 재현은 영문을 모르겠다는 표정이었다. 내가 생각해도 이제 막 첫아이가 태어난 데다 출산하는 아내의 곁에서 밤을 지새운 재현에게는 지금의 이야기가 귀에 들어올 것 같지 않았다. 나는 신생아에 대한 이야기로 화제를 돌렸다.

"저는 막 태어난 아기를 보는 게 처음이에요. 친구들 말로는 엄청 작다던데….."
"네, 정말 작아요."

재현은 비로소 행복하게 웃었다.

우리는 다 같이 병원의 신생아실로 들어갔다. 간호사가 조그만 남자 아기를 데려왔다. 너무나 작은 얼굴에 이목구비가 오밀조밀하게 들어 있었다. 재현은 아기에게 몸을 굽히고 다정하게 속삭였다.

"유빈아, 아빠야. 아빠 목소리 들리니?"

주위를 둘러보니 아버지가 된 남자들이 모두 아기에게

몸을 숙인 채 똑같은 말을 하고 있었다. 두현은 아기를 보면서 너무 예쁘다고 연신 감탄했다. 나는 아기의 가슴팍에 달린 이름표를 물끄러미 바라봤다.

'이수진 ♡ 박재현'

이 아기가 병원을 나서는 순간부터 아빠의 성만을 달고 살 것이라 생각하니 기분이 묘했다. 문득 혼인신고서를 쓸 때 기억이 떠올랐다.

나와 두현은 신혼여행에서 돌아온 다음 혼인신고서를 출력해서 빈칸을 채워나갔다. 혼인 당사자의 이름과 본, 부의 성명과 모의 성명, 증인의 이름과 주민등록번호…. 복잡한 칸을 채워나가다가 우리는 이런 항목과 마주쳤다.

성본 협의: 자녀의 성본을 모의 성본으로 하는 협의를 하였습니까?
예□ 아니요□

나는 '아니요'에 표시했다. 두현은 의아하다는 표정으로 나를 보며 물었다.

"자기 성 따르는 걸로 안 하고?"

나는 망설이다가 어깨를 으쓱였다.

"굳이 남들하고 다르게 할 필요가 있겠어?"

그때까지 내 주변에는 어머니의 성을 아기에게 붙인 사람이 없었다. 당장 나와 두현부터 이름 앞에 아버지의 성을 달고 살아왔다. 두현과 내가 다른 선택을 하는 순간, 주변 사람들에게 끊임없이 우리의 의도를 설명해야 할 거라는 생각이 들었다. 그 피로를 감당할 각오가 되어 있나? 나는 확신할 수 없었다.

사실 혼인신고서를 작성하면서도, 이 항목에 큰 의미가 있다고 생각하지 않았다. 아마도 이것은 시민들이 부의 성을 선호하는지, 모의 성을 선호하는지, 그 비율은 각각 몇 퍼센트나 되는지 알기 위해 묻는 항목이 아닐까? 나는 그렇게 생각했다. 엉뚱한 생각이었는지도 모르겠지만, 존재하지 않는 아이의 성을 미리 결정한다는 것이 그만큼 비현실적으로 느껴졌다. 그리고 만약 아이를 낳게 되면 출생신고를 할 때 성과 이름을 적을 테니까, 그때까지 충분히 고민한 다음에 정하면 될 일이라고 믿었다.

내 생각이 틀렸음을 알게 된 것은 2년 뒤 인터넷 뉴스 기사를 봤을 때였다. 뉴스 기사에는 나처럼 '아니요'에 체크를 했다가 아기를 낳은 뒤 자신의 성을 붙이려 했다는 한 여자의 사연이 실려 있었다. 여자가 출산을 앞두고 가정법원에 성 변경 문의를 하자, 이미 '아니요' 박스에 표시를 했다면 어쩔 수 없다며, 정 바꾸고 싶으면 이혼한 다음 다시 혼인신고를 하라는 대답이 돌아왔다고 했다. 여자는 아기에게 자기 성을 물려줄 방법을 반년 동안 백방으로 찾았지만 실패했다며, "아기의 이름을 볼 때마다 '나도 부모인데 왜 내 성을 붙여줄 수 없는 걸까'라는 생각이 들어 울적해지곤 한다"라고 말했다.[4]

간호사가 와서 강보에 싸인 유빈을 데려갔다. 두현과 나는 수진의 안부를 물었다. 재현은 수진이 입원실에서 쉬고 있다며, 오늘은 인사하기 힘들 것 같다고 말했다. 두현의 어머니는 그래도 잠깐 얼굴은 보는 게 좋지 않겠느냐고 말끝을 흐렸다. 재현이 대답했다.

"아직 얼굴도 부어 있고 그러니까. 여자는 남한테 흐트러진 모습을 보여주는 걸 싫어하잖아?"

---

4   〈엄마 성 물려주려 했는데… 이혼하고 혼인신고 다시 하라뇨〉, 《뉴스1》, 2018. (http://news1.kr/articles/?3484682)

두현과 나는 무리해서 인사할 필요 없다며 손사래를 쳤다. 두현의 아버지가 점심을 사겠다며 우리들을 병원 밖으로 이끌었다. 가을바람이 선선했다. 두현의 아버지는 재현과 나란히 걸었고, 두현의 어머니는 나와 두현 사이에서 걸었다.

"어머니, 손자 보신 기분이 어때요?"

두현이 묻자, 두현의 어머니는 빙그레 웃기만 했다. 재현의 어깨를 두드리는 두현 아버지의 얼굴에도 대견하다는 미소가 떠올라 있었다. 이 세상에서 살아가게 될 아이의 모습이 머릿속에 그려졌다. 아이는 디즈니 애니메이션도 보고, 축구도 하고, 소풍도 갈 것이다. 맑은 날도 흐린 날도 모두 보게 될 것이다. 산들바람이 얼굴에 닿는 느낌이 얼마나 좋은지, 비 오는 날 놀이터 모래가 얼마나 부드러운지, 물웅덩이에 발을 구르는 것이 얼마나 신나는지, 이른 아침 눈 쌓인 거리가 얼마나 조용한지 알게 될 것이다. 이러니저러니 해도 세상에 태어나는 것은 좋은 일이라는 생각이 들었다. 나는 아기의 이름표를 봤을 때 스쳐 갔던 씁쓸한 느낌에 대해서 떠올리지 않으려고 애썼다. 지금 함께 식당으로 걸어가는 사람들 중 이런 느낌을 받은 이는 나뿐이라는 것을 알고 있었다.

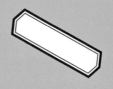

부부가 되면 한 사람이
귀와 입 역할을 하고,
다른 한 사람은 뒤로 숨는 것이
자연스러운 그림일까?

제가 너무
예민한 걸까요?

두현은 나와 결혼한 후 텔레그램이라는 채팅 애플리케이션에 '가족'이라는 이름의 대화방을 만들었다. 이 대화방에는 나와 두현, 두현의 어머니, 재현이 있었다. 나는 모든 시가 구성원이 함께 이야기하는 대화방이 있었으면 했는데, 수진은 카카오톡만을, 두현의 어머니는 텔레그램만을 사용했다. 두현의 아버지는 스마트폰 자체를 사용하지 않았다. 그런 이유로 수진과 두현의 아버지를 빼고 만들어진 대화방이었지만, 한동안은 아쉬운 대로 이곳이 소통 창구로 기능했다. 우리는 이 대화방을 통해 안부를 묻거나 모임 약속을 잡았다. 만나서 함께 찍은 사진을 주고받기도 했다.

몇 달 후에 재현은 나를 빼고 텔레그램에 '박가네'라는 대화방을 새로 만들었다. 그때부터 '가족' 방에 올라오던 대화는 '박가네' 방으로 옮겨 갔다. 나는 왜 대화방을 새로 만들었는지 궁금했지만, 깊이 생각하지는 않았다. 넷만 얘기하는 것이 수진에게 소외감을 느끼게 할까 봐 그랬을까? 나라면 수진에게 텔레그램 애플리케이션을 깔고 '가족' 방으로 들어오라고 했을 텐데, 어째서인지 재현은 나를 빼고 새로 대화방을 만드는 쪽을 택했다.

'박가네' 대화방에는 재현과 두현, 두현의 어머니 세 사람이 있었다. 이 대화방에 모두가 공유해야 할 소식이 올라오면, 두현은 그것을 나에게 다시 말로 전했다. 때로는 대화방의 내용을 그대로 사진으로 찍어 보내주기도 했다. 이렇게 만들어진 소통 구조가 나에게는 몹시 낯설었다. 재현이 대화방을 새로 만든 목적이 무엇인지 그제야 생각해보게 됐다. 두현의 어머니에게 물어보자, 재현이 더 '편하게' 얘기하려고 새로 대화방을 만들었을 거라는 대답이 돌아왔다. 그리고 시가쪽 일은 재현이 처리하고, 처가 쪽 일은 수진이 처리하는 것이 그 부부의 생활 방침으로 보인다고 했다.

두현 어머니의 이야기를 듣고 생각했다. 그렇다면 재현은 각각의 가족에서 소통 창구를 담당하는 사람이 한 명이면 족하다고 생각하는 걸까? 그래서 나를 빼고 대화방을 만드는 것이 좋다고 결론을 내린 걸까? 그렇게 만들어진 소통 구조에 따르면 나와 수진은 각각의 팀에서 팀원이고, 재현과 두현은 상대 조직과의 의사소통을 담당하는 팀장인 셈이었다. 두현의 아버지는 의사 결정에 직접 개입하지는 않지만, 암묵적으로 집의 최고 어른으로 여겨진다는 점에서 회장과 비슷한 존재였다. 재현의 머릿속에 있는 그림을 상상해보면서, 나는 이렇게 관료제 조직처럼 가족 구조를 편성하는 것이 이상적인 방식인지 의문을 품었다. 스마트폰을 쓰지 않는 두현의 아버지는 어쩔 수 없더라도, 나머지 사람들이 모두 참여하는 단체 대화방을 만들자고 내가 나서서 제안하는 게 좋을지, 재현이 선호하는 의사소통 방식을 따르는 게 나을지, 망설이는 사이에 시간이 흘러갔다.

두현 어머니의 환갑이 다가올 즈음이었다. 나는 기념 모임을 갖기에 적당한 장소를 한 달 전부터 찾아보았다. 몇 군데 식당을 추려서 두현에게 추천하자, 두현은 조만간 재현과 상의해보겠다고 대답했다. 그러고서 더는 이야기가 없었다. 두현은 연극 공연 때문에 바빴고, 재현과 수진도 갓난아기를 돌보느라 정신이 없는 것 같았다. 나는 두현에게 두어 번 더 말을 꺼내다가 혼자만 설레발을 치는 것 같아서 그만뒀다. 어머니의 생신이 코앞으로 다가왔을 때야 두현과 재현은 계획을 짜기 시작했다. 그때쯤 내가 처음에 말했던 장소들은 모두 예약이 끝나 있었다. 나는 속으로 혀를 차며 몇 군데 2차 후보 장소를 추천했다. 정작 나를 답답하게 만든 것은 그다음에 벌어진 일이었다.

환갑 기념 모임 장소를 알아보는 과정은 이랬다. 내가 두현에게 식당을 추천하면 두현은 그 식당이 어떤지 재현에게 묻고, 아마도 재현은 수진과 의논한 다음에 의견을 말하고, 두현은 다시 나에게 그 말을 전했다. 마침 때가 연말이라 몇 군데 장소를 예약하는 데 실패하면서, 이 과정은 처음부터 다시 되풀이됐다. 나는 두현에게서 연이어 걸려 오는 전화를 받다가, 어느 장소든 당신과 형이 알아서 결정하라고 두 손 들어 버렸다. 일전에도 시가 모임 장소를 정할 때 비슷한 과정을 겪은 적이 있던 터라 두현에게 물었다.

"우리 부부랑 자기 형 부부가 이렇게 서로 말을 전하고 전하는 방식으로 의사소통을 하는 이유가 있는 거야? 단체 대화방에서 같이 의논하면 빠르잖아."

나는 수진과 재현, 우리 부부가 모두 사용하는 카카오톡 애플리케이션에 대화방을 새로 만드는 게 어떠냐고 제안했다. 두현은 어쩌다보니 이렇게 됐다고 어깨를 으쓱이며, 다음에는 단체 대화방을 만들어서 이야기하겠다고 말했다.

한번은 두현의 어머니와 이야기하면서 이 간접적인 의사소통 구조에 대해 말을 꺼냈다. 서로를 건너서 말을 전하니까 의사소통에 시간이 너무 많이 걸린다. 또 시가에 무슨 일이 있을 때 아무도 내 의견을 묻지 않는 것 같아서 이상하다. 어딜 가거나 무얼 하거나 나도 다 참석해야 하는 일인데, 다들 '박가네'에서만 얘기하고 마니까 내가 꼭 두현에게 딸려 가는 부록처럼 느껴진다.

"제가 너무 예민한 걸까요?"

내 질문에 두현의 어머니는 대답했다.

"내가 결혼해서 느꼈던 걸 네가 똑같이 느끼고 있구나."

두현의 어머니는 자신도 결혼 초기에는 시가 쪽에서 자기와 얘기하려는 사람이 없어서 답답했다고 말했다. 시가에 무슨 일이 있으면 결정된 다음에야 자신의 귀에 들어왔다는 것이었다. 그때는 두현의 아버지마저 시가 일에 대해서는 자신과 상의하는 법이 없어서 더 속상했다고 했다.

"막상 시가에 가면 부엌에 들어가 일하는 건 나였는데 말이지…."

발언권과 결정권이 없는데 궂은일을 도맡아서 하는 것이 며느리의 역할이라면 너무나 부당한 일이었다. 하지만 두현의 어머니는 잠시 생각하더니 이렇게 얘기했다.

"그래도 시간이 지나고 보니까 그런 게 다 나를 신경 쓰이지 않게 하려는 배려였어. 시가 일로 자꾸 이러쿵저러쿵 얘기

가 오가면, 며느리 쪽에서는 더 부담스러울 수도 있잖니?"

두현 어머니의 말을 듣자 혼란스러웠다. 의사소통 과정에서 배제되는 것이 때로는 배려일까? 부부가 되면 친족 모임에서 한 사람이 귀와 입 역할을 하고, 다른 한 사람은 뒤로 숨는 것이 자연스러운 그림일까? 이런 생각을 하면 누가 나를 발이 드리워진 규방에 억지로 밀어넣은 것처럼 가슴이 답답했다. 이 기분이 내 성격 탓인지, 내가 처한 상황에 문제가 있기 때문인지 판단하기가 어려웠다. 인터넷에서 보면 시집살이 스트레스 중 하나로 시가의 '단톡방'을 꼽는 사람도 많았다. 시가 구성원들이 올리는 메시지를 확인하고 꼬박꼬박 답장을 쓰는 것도 여간 피곤한 일이 아니라는 것이었다. 잦은 대화가 오해와 갈등을 일으켜서 대화방을 만들었다가 없앴다는 얘기도 있었다.[5] 이런 위험부담을 자처하는 내가 이상한 걸까?

두현의 어머니는 너희들이 아직 서먹하고 재현도 너를 대하는 게 어려워서 말을 전하는 식으로 소통하게 되는 거라고 말했다. 이런 불편함은 친해지면 다 해결될 일이라는 얘기였다. 나는 애매한 느낌으로 고개를 끄덕였다. 지금 상황에서 무엇이 문제인지 물으면 콕 집어 대답하기 힘든 것도 사실이었다.

---

5   〈며늘애·시엄마님이 '시월드' 방을 나가셨습니다〉, 《서울신문》, 2018. (http://www.seoul.co.kr/news/newsView.php?id=20180919015010)

원래부터 가까운 사이였던 동생과 형 사이에서 먼저 얘기가 오가고, 아내들은 각자의 남편을 통해 이야기를 듣는 것이 보기에 따라서는 지극히 자연스러운 상황인지도 몰랐다. 다만 그렇게 생각해도 한 가지 의문은 남았다. 만나는 장소와 일정 하나 직접 의논할 수 없을 만큼 부담스러운 사이라면, 우리가 굳이 한자리에 모일 필요가 있는 걸까?

환갑 기념 모임 장소는 호텔 뷔페로 결정됐다. 그날 재현과 수진은 두현의 어머니를 위한 깜짝 선물이라며 유빈을 데려왔다. 유빈이 태어난 지 두 달쯤 지났을 때였다. 두현의 부모님은 못 본 사이에 아기가 많이 큰 것 같다며 감탄했다. 우리는 뷔페장 한쪽에 마련된 방으로 들어가 자리를 잡았다. 두현의 아버지는 능숙하게 아기를 안았다. 두현은 새로 산 카메라로 가족들의 모습을 사진에 담았다. 대화 사이사이로 두현과 나를 부르는 호칭이 흘러다녔다. 도련님…. 동서…. 이제는 거기에 '작은아빠'와 '작은엄마'라는 호칭까지 더해졌다.

우리들은 뷔페에서 식사를 마친 뒤에 호텔 커피숍으로 이동했다. 한 연주자가 무대 위에서 바이올린을 켜고 있었다. 나는 사람들의 얼굴을 보며 호칭 얘기를 지금 꺼내면 어떨까 생각했다. 두현의 아버지는 졸린 얼굴로 소파에 몸을 묻었다. 두현의 어머니는 선물받은 꽃다발을 들여다보고 있었다. 수진과 재현은 유아차에 태운 유빈을 어르며 잠을 재우는 중이었다. 나는 망설였다. 어머니의 생신 모임에서 새로운 화제를 꺼낸다는 부담감. 내가 주인공도 아닌데 '나대는' 걸로 보이지 않을까 하는 걱정. 하지만 지금이 아니면 언제 말하겠는가?

'이 음악이 끝나면….'

좀처럼 입이 떨어지지 않았다. 두현의 부모님과 우리 부부 넷이 만날 때는 얼마든지 편하게 했던 이야기인데, 여섯 명이 모인 자리에서 하려니까 공식적인 행사에서 연설이라도 시작하는 양 부담이 느껴졌다. 누군가를 축하하기 위해 모인 자리에서 내 불만을 이야기해도 괜찮을까? 차라리 두현의 형 부부와 따로 만나서 이야기하는 게 나을까? 어쩌면 그게 좋을지도 모르겠다는 생각이 들었다. 누군가의 생일이나 임신이나 출산을 축하한다는 목적이 없는 개인적인 친목의 자리라면, 이야기를 꺼내기가 좀 더 쉬울 것 같았다.

결국 그날도 나는 호칭에 대해서는 아무 얘기도 하지 못하고 집으로 돌아왔다. 모임이 끝난 다음 나와 두현은 머리를 맞대고 생각했다. 우리가 먼저 놀러 가겠다고 말을 꺼내볼까? 그런데 백일도 안 된 아기가 있는 집에 찾아가도 괜찮은 걸까? 재현이나 수진이 부담스러워하지 않을까…. 우리의 고민이 무색하게도 재현이 두현에게 전화를 걸어 와 먼저 말을 꺼냈다.

"사실 조만간 너희 부부를 집으로 한번 초대할까 했어. 그

런데 수진이한테 물어보니까, 너희들을 완벽하게 대접할 수 있을 때 초대하고 싶다더라."

아마 전부터 우리 부부를 초대해서 집 구경을 시켜주라고 두현의 어머니가 말했기 때문에 나온 이야기인 것 같았다. 두현은 무리할 것 없다고 웃으면서 대답했다. 나는 두현에게서 재현의 말을 전해 듣고 고민에 빠졌다. 나, 두현, 재현, 수진. 어떻게 하면 이 네 사람이 함께 이야기할 수 있을까?

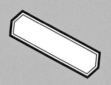

어떻게 그런 말이 아래에서
위로 나올 수 있냐고?

문제없이 지내왔다고
문제가 없는 건 아니다

2018년 1월. 새해를 맞이해서 이번만큼은 가족 호칭 문제를 해결해야겠다고 결심했다. 단체 대화방을 만들자. 수진과 재현을 대화방에 초대해서 새해 인사도 하고, 내 고민도 말해보자. 내 계획을 듣더니 두현은 자신이 말해보는 게 어떻겠느냐고 물었다. 나보다는 두현이 말하는 것이 가족 구성원 모두에게 더 '편하게' 받아들여질 거라는 얘기였다. 나는 말했다.

"똑같이 호칭을 바꾸고 싶다고 하는데, 당신이 말했을 때는 편하게 받아들이고, 내가 말했을 때는 불편하게 느낀다면 그것도 차별이잖아? 이번 계획은 내 입으로 내 생각을 말한다는 데 의미가 있는 거야."

두현은 그렇다면 단체 대화방을 새로 만드는 것보다는 '박가네' 대화방에서 얘기하는 게 나을 거라고 의견을 냈다. 재현이 내 얘기를 들은 다음에 수진에게 전해주는 편이 이야기가 더 부드럽게 전개되지 않겠냐는 것이었다. 또 우리들 사이에 어떤 이야기가 오가는지 어머니도 알았으면 한다고 했다.

나는 망설이다가 두현의 말을 따랐다. 돌이켜보면 나 역시 시가의 간접적인 의사소통 방식에 어느 정도는 익숙해져 있었다.

나는 긴 문자메시지를 써서 두현에게 보냈다. 두현은 그 글을 '박가네' 대화방에 띄웠다.

"안녕하세요~ 갑자기 긴 메시지를 올려서 다들 놀라셨죠? 새해를 맞이해서 인사도 드릴 겸 의견을 구하고 싶은 이야기가 있어서 이렇게 연락드립니다. 다름이 아니라 호칭에 관련된 이야기인데요, 다른 분들의 의향은 어떠신지 궁금합니다.

제가 결혼한 이후로 계속 생각해왔는데요, 배우자의 가족을 부르는 호칭에 조금은 개선해야 할 점이 있는 것 같아요. 먼저 남편은 아내의 가족에게 처형, 처남, 처제라는 호칭을 쓰는데 아내는 남편 쪽 가족에게 아주버님, 도련님, 아가씨라는 호칭을 사용하는 것이 평등하지 못하다는 생각이 들고요. 형님-동서처럼 배우자의 서열에 종속되어서 호칭이 만들어지는 관습도 조금은 불합리한 지점이 있다고 생각해요. 아주버'님'과 제수'씨'도 균형이 맞지 않은 호칭인 것 같고요.

전반적으로 친인척 관계에서 통용되는 호칭은 서열을 기준으로 만들어진 것인데, 이런 점이 오히려 상호 존중을 바탕으로 하는 바람직한 인간관계에 장애물이 되지 않나 하는 생각이 듭니다. 저는 우리들이 서열이라는 개념을 벗어나서도 얼마든지 즐겁게 대화할 수 있다고 생각해요.

또 이건 조금 다른 얘기지만… 저와 두현이는 나중에 아이가 생기면 일방적으로 남자의 성을 따르는 것, 그래서 아이 자신이 남자 성씨 집안의 사람이라는 의식을 가지는 것, 엄마 가족은 외가라고 하고 아빠 가족은 친가라고 하는 것도 저희가 할 수 있는 선에서나마 고쳐보려고 해요. 지금 말씀드린 호칭에 대한 이야기도 이런 고민의 연장이고요.

제가 가족 호칭에 대해 고민한 이후로 주변에 있는 여러 사람에게 의견을 물어봤어요. 다들 불평등함에는 수긍하는 편인데, 결국 대안이 뭐냐는 질문이 나오더라고요. 저는 처음에 이름에 '씨'자를 붙이는 것이 좋지 않나 했었는데, '~씨'라는 호칭이 하대하는 느낌이라는 의견도 있었어요. 또 모든 존칭을 다 떼고 이름만 사용해야 한다는 의견도, 제3의 호칭을 만들어야 한다는 의견도 들었고요.

이리저리 고민하다가 저는 서로의 이름 뒤에 '님'자를 넣어서 부르는 것이 가장 좋지 않을까 생각했는데, 다른 분들 생각은 어떠세요?

호칭을 바꾼다는 것이 조금 어색할 수 있지만, 사실 서로를 새로운 호칭으로 부르기 시작한 지도 얼마 되지 않았으니까, 금방 적응할 수도 있을 것 같아요. 꼭 특정한 호칭을 고집하는 건 아니고, 한번 다 같이 이런 문제에 대해 이야기해봤으면 해요."

나는 인터넷의 뉴스 기사와 칼럼 주소도 몇 개 첨부했다.

며느리/올케는 여성 비하적 표현 여성민우회 캠페인 논란[6]

도련님/아가씨라는 호칭을 폐기해야 하는 이유들[7]

아가씨와 도련님이 내 동생이 될 수 있을까? 민망한 호칭 탓에 우린 더 멀어진다[8]

"보다시피 가족 호칭 문제는 오래전부터 나온 이야기인데요, 저는 적어도 10년 후의 여성들은 호칭 때문에 부당함을 느끼는 일이 없었으면 하거든요. 어쩌면 우리의 작은 발걸음도

---

6   《조선일보》, 2007 (http://news.chosun.com/site/data/html_dir/2007/01/02/2007010201124.html); 여성 민우회 호락호락 캠페인 홈페이지에는 "여성을 비하하고 고정된 성 역할을 강요하는 호칭에서 벗어나 평등하고 서로 존중하는 관계를 만들기 위해 여성이 여성에게 쓰는 호칭 바꾸기를 제안한다"고 그 취지를 밝혔다. "'며느리'는 '며늘/미늘/마늘+아이'의 구조로, 그 기원이 되는 '며늘'이란 말은 덧붙여 기생한다는 뜻"이다. 즉, "며느리는 '내 아들에게 딸려 더부살이로 기생하는 존재'라는 뜻으로 철저한 남존여비 사상에서 비롯된 호칭어"다. "올케는 오라비의 겨집이 줄어든 말로서 방언으로 '오라비댁'이라고도 부른다." (http://hoho.womenlink.or.kr/)

7   《한겨레》, 2014 (http://www.hani.co.kr/arti/opinion/because/622393.html)

8   남편과 아내가 서로의 가족을 대하는 호칭에 계급이 나뉘는 것도 문제지만, 무엇보다 호칭이 어렵거나 껄끄러우면 그 사람을 부르지 않게 된다. 누구에게든 새로운 가족은 어려운 법인데, 어색한 호칭이 그 사이에 한층 더 두꺼운 벽을 쌓고 있는 건 아닐까. 그렇다면, 언어가 바뀌는 데에 아무리 긴 시간이 걸리더라도 대안을 생각해볼 의미는 충분하다. (박은지, 《제가 알아서 할게요》, 상상출판, 2018.)

다음 세대가 걸어가는 길이 될 수 있지 않을까요? 이런 생각에서 여러 사람을 조금씩 번거롭게 만들지 모른다는 가능성을 무릅쓰고 말씀드렸습니다. 만나서 얘기하면 좋을 텐데 함께할 때면 늘 시간이 부족해서 글로 대신하게 됐네요. 그럼 조만간 뵙겠습니다~ 날씨가 많이 추운데 감기 조심하세요~ 민정 올림."

두현의 어머니는 대답했다.

"드디어 우리 가족에게도 의논할 거리가 생겼어요. 재미있게 풀어봐요.♡"

그런 뒤 두현의 어머니는 나에게 따로 문자메시지를 보냈다.

"이야기 꺼내기 힘들었을 텐데 용기 내줘서 고맙다!"

재현은 아무 말이 없었다.

다음 날 회사 일을 마치고 집으로 돌아갔을 때, 두현은 낮에 형에게서 전화가 왔었다고 말했다. 나는 어떤 얘기가 나왔을지 기대하며 두현을 바라봤다.

"형은 형수님이 우리 얘기를 들으면 오해할 거래."

"무슨 오해?"

"동서가 자신을 '형님'으로 부르기 싫어서 그러는 거라고…."

"응? 당연히 싫지. 내가 그걸 좋아할 거라고 생각하는 건 아니겠지?"

"그렇긴 한데, 호칭을 바꾸자는 제안을 자신을 무시한다는 걸로 받아들일 수 있다는 거야."

"에이, 말도 안 돼. '누구야' 하자는 것도 아니고 이름에 '님'자를 붙여서 부르자는 얘긴데 그럴 리가 있겠어? 자기를 도련님이라고 부르는 것도 그만두자는 건데?"

"그건 그래. 사실 저번에 형수님도 형한테 물었다고 하더라고. 내가 결혼했으니까 '서방님'이라고 불러야 하는 건 아는데, 그냥 계속 '도련님'이라고 해도 되겠는지. 형은 그냥 편하게 부르라고 그랬대."

"거봐. 이런 호칭을 좋아하는 여자는 없다니까. 오히려 자기 형이 '아주버님', '도련님' 같은 호칭에 집착하는 거 아냐?"

"형이 그럴 사람은 아닌데…. 아무튼 형은 모두가 좀 더 친해진 다음에 호칭에 대한 얘기가 나오면 몰라도, 지금은 때가 아니라고 그랬어."

"이런 호칭이 습관으로 굳어지면 나중에는 더 바꾸기 힘들잖아. 뭐 정 '형님'이라는 호칭이 좋다면 그건 그대로 놔두고 '아주버님', '도련님'만 바꿔도 좋고. 이런 얘기를 같이 해보자는 거지."

"그런데 형은 이런 얘기를 자신이 중간에서 전하는 건 곤란하대. 아기 성 다르게 한다는 얘기도 조금 걱정하는 것 같았어. 자신은 유빈이를 당연히 박씨 집안 사람이라고 생각했는데, 우리 아이 성이 다르면 유빈이가 나중에 혼란스러울 것 같다고…."

"음…. 어차피 우리 아이 성은 형이 간섭할 일은 아니지. 그건 그렇고 정말 유빈이를 박씨 집안 사람이라고 생각했구나. 배우자가 들으면 섭섭하겠다."

나는 처음의 계획대로 대화방을 만들어 수진과 직접 얘기해야겠다고 말했다. 재현이 다른 의견을 낼 수 있다고는 생각했어도 중간에서 이야기를 끊으려 하리라고는 예상하지 못했다. 지금대로라면 시가 구성원들은 모두 아는 얘기를 수진만 모르고 있다는 건데, 본의 아니게 한 사람을 따돌리게 된 것도 찜찜했다. 나는 어떤 이야기든 투명하게 공개하고, 모두가 함께 의논하는 것이 가장 오해가 적은 방법이라고 두현에게 강조했다.

다음 날, 카카오톡에 대화방을 만들어 두현, 재현, 수진을 초대했다. 그런 뒤 '박가네' 방에 전했던 메시지를 다시 한 번 그대로 올렸다. 두현도 메시지를 덧붙였다.

"저도 예전부터 고심해온 문제인데요, 현재 통용되는 호칭 체계가 남성 우월적으로 만들어져 있고, 실제 사용에도 불편함이 있다는 것을 알고 나니까 좀 더 부르기 좋고 균형 잡힌 호칭이 없을까 생각하게 되더라고요. 바쁘신 줄 알지만, 시간이 흐르고 기존의 방식이 굳어지기 전에 이런 고민을 함께 나누고 싶어서 글을 올려봅니다. 많이 불편해하시거나 언짢아하시지 않았으면 좋겠습니다. 요새 독감이 유행이라는데 모쪼록 건강 잘 챙기시고요, 유빈이 백일 때 찾아뵐게요.♡ 두현 올림."

두현의 메시지 중 '많이 불편해하시거나 언짢아하시지'라는 표현을 보자 이상한 기분이 들었다. 호칭을 바꾸자고 제안하는 것이 왜 불편하고 언짢은 일이라는 걸까? 나중에 두현에게 물어보니 '갑자기 생각할 거리가 생기면 피곤할 수도 있으니까 그렇게 말했다'는 식의 대답이 돌아왔다.

대화방은 잠잠했다. 수진과 재현은 우리들의 메시지를 읽고도 아무런 말이 없었다. 나는 천천히 답장이 오겠거니 생각하며 회사 일에 집중했다.

집으로 돌아오자, 두현이 형과 통화했다며 말을 꺼냈다.

"우리 문자를 보고 형수님이 물었대. 어머니는 뭐라고 하시는지."

"어머니 눈치를 보는 건가?"

이때까지 나는 수진이 시가의 눈치를 보고 있다고 생각했다. '도련님'이나 '아가씨' 같은 호칭을 쓰지 않다가 시어른들에게 한소리 들었다는 여자들의 이야기가 인터넷에 종종 올라왔던 까닭이었다. 마음대로 호칭을 바꾸면 시가에 밉보일까 봐 걱정하는 게 아닐까? 두현의 어머니도 나와 비슷하게 생각했던 모양이다. 두현의 어머니는 재현에게서 전화가 걸려오자, 너희들끼리 잘 얘기해서 호칭을 정해보라고 대수롭지 않게 말했다.

다음 날 아침, 두현에게 다시 재현의 전화가 걸려 왔다. 재현은 자신이 때가 아니라고 했는데 왜 대화방까지 만들어서 메시지를 올렸느냐고 물었다. 두현은 내가 했던 말들을 되풀이했다. 형이 말하는 '때'가 언제냐고. 시간이 지날수록 기존의 호칭은 굳어질 거라고. 다들 이 이야기를 알고 있는데 형수님만 소외시키기는 싫다고. 형수님 역시 민정이와 같은 여자로서 가족 호칭으로 인해 불편함을 느끼고 있을지도 모르니 함께 이야기를 해보고 싶었다고…

재현은 솔직히 지금까지 아무 문제도 없이 지내왔는데 왜 호칭을 바꾸려는지 이해하기 힘들다고 했다. 두현은 내가 대화방에 올린 뉴스 기사와 칼럼에 대해 얘기하면서, 호칭을 바꾸는 건 사회적인 의미도 있다고 설명했다. 재현은 한숨을 쉬며 말을 이었다. 지금 수진이 몹시 화가 났다. 민정이한테 공격받았다고 느낀다. 뉴스 기사는 자기를 '형님'이라고 부르기 싫으니까 갖다 붙인 거라고 생각한다.

두현에게서 이 통화 내용을 전해 듣자 당황스러웠다. 공격이라니? 이름에 '님'자를 붙여서 부르자고 하는 것이? 내가 보냈던 메시지를 다시 읽어봤다. 여러 가지 호칭에 대한 제안 중에서 '형님–동서' 부분만 그렇게 의미심장하게 받아들였다는 것을 좀처럼 이해할 수 없었다. 또 정말 내 제안이 싫다면 직접 말해도 됐을 텐데, 굳이 재현을 통해서 자신의 뜻을 알리는 것도 의아했다. 나는 점심시간에 수진에게 다시 메시지를 보냈다.

"안녕하세요~ 어제 제가 드린 메시지를 불편하게 받아들이실까 봐 걱정이 앞서서 문자 드립니다.

저는 우리가 한국 사회의 '며느리'로서 연대할 수 있다고 생각해서 어제의 이야기를 드렸어요…. 두현이를 '도련님' 또는 '서방님'으로 불러야 하는 가족 내의 호칭 문화에 대해서 저와 마찬가지로 불편해하실 거라고 생각했습니다. '형님'이 아니

라 '수진 님'이라고 부르자는 것에 비하하는 의미도 전혀 없고
요…. 저는 누군가를 공격하고 싶은 것이 아니라, 저를 포함해
서 모두가 행복하게 부를 수 있는 호칭을 찾고 싶을 뿐입니다.

또 무조건 제 주장에 따르라고 하기보다는, 함께 이야기
를 나누는 장을 열어보고 싶었어요. 개인적으로 친분을 쌓은
뒤에 호칭 얘기가 나왔으면 더 편했겠지만 그럴 기회가 마땅치
않고, 부르는 것이 불편한 관계에서 친해지기는 더 어렵다고
생각했고요….

참고로 제가 저희 집에서 '형님' 입장에 설 때도 마찬가지
로 호칭을 개선하는 시도를 하고 있답니다. 생각하시는 바가 있
으면 저에게 얼마든지 편하게 말씀 주세요~ 경청하겠습니다~."

수진은 메시지를 읽었지만 여전히 대답이 없었다. 퇴근하
고 집으로 돌아갔을 때 두현은 재현이 또 전화를 했었다고 말
했다. 내 두 번째 메시지를 두고, 둘이 상의하고 보낸 거냐고
물었다는 것이었다. 두현은 딱히 상의한 건 아니고 민정이가
오해를 풀려고 보냈을 거라고 대답했다.

"그렇게 말하니까 형이 그러더라. 제수씨는 되게 거친 타
입이구나. 수진이랑 둘이 만나게 하면 안 되겠다."

내 머릿속은 물음표로 가득 찼다. 두현의 어머니와 이야기를 나눈 다음에야 재현과 수진의 반응을 겨우 이해할 수 있었다. 두현의 어머니가 말하기를, 재현이 자신에게 전화해서 어떻게 이런 얘기가 가족 사이에서 나올 수 있느냐며 따졌다는 것이다. 재현이 생각하는 가족이 무엇이기에 호칭을 바꿔보자는 얘기가 나온다면 안 된다는 것인지 나로서는 궁금할 따름이었다. 재현이 어머니에게 했다는 말은 이랬다.

"두현이가 나보고 '형'이라고 안 불러도 돼? 이름 불러도 돼? 그건 아니잖아."

만약 두현이 재현을 '형'이라고 부르지 않겠다고 했을 때, 서로 가까운 관계라는 것을 부정하는 듯해서 재현의 기분이 상한다는 얘기라면 얼마든지 이해할 수 있었다. 그러나 재현과 수진이 나에게서 '아주버님'이나 '형님'이라는 호칭을 듣지 못했을 때 화를 내는 것도 같은 이유 때문일까? 내가 호칭을 바꾸자고 했을 때, 그들이 부정당한다고 생각하는 것이 과연 나와의 '친분'일까? 두현의 어머니는 계속 말했다.

"재현이가 그러더라. 민정이가 자기 집에서 '형님' 입장일 때 호칭을 바꾸자고 하는 것과는 얘기가 다르다고. 어떻게 그

런 말이 아래에서 위로 나올 수 있느냐는 거지."

나는 깜짝 놀랐다.

"아래에서 위요? 두현이 형 부부는 자기들이 위고 저는 아래라고 생각하는 거예요?"
"그런가 봐."
"왜요?"

두현의 어머니는 대답하지 못했고, 나도 이유를 알 수 없었다. 나이 차이로 위아래를 나누는 것도 우습지만, 심지어 수진과 나는 나이마저 같지 않은가. 재현 역시 나이를 기준으로 삼고 하는 얘기는 아닌 것 같았다. 그가 자기보다 두세 살 어린 사람을 모두 자신의 '아래'에 있다고 생각하고, 심지어 그런 말을 공공연하게 했다면 사회생활이 원활하지 못했을 것이다. 그렇다면 왜 나를 두고는 '아래'라고 당당하게 말할 수 있는 걸까? 재현이 나를 '아래'에 있다고 생각하는 근거는 단 하나, 자신의 동생과 결혼했다는 것뿐이었다. 그렇게 남자를 중심으로 가족의 위계가 정해진다는 것, 수진은 자신과 결혼했기 때문에 자연스럽게 나의 '위'에 있다는 것이 재현의 사고방식이었다.

이렇게 이해하면서 나에게는 또 한 가지 의문이 생겼다. 설령 위와 아래로 나누어진다고 해도, 왜 아래에 있는 사람은 호칭에 대해 제안을 하면 안 된다는 것일까? '호칭'이 문제일까, '제안'이 문제일까? 가족이라는 집단에서 무언가를 제안하는 행위는 언제나 '위에서 아래'로 이루어져야 하는 걸까?

두현의 어머니는 자신이 잘 해결해볼 테니 너는 나서지 말고 기다려보라고 말했다. 또다시 발이 드리워진 규방으로 떠밀리는 기분이었다. 침대에 누워서도 좀처럼 잠이 오지 않았다. 나는 자정이 넘도록 뒤척이다가 독서 모임의 단체 대화방에 글을 썼다.

"새벽에 답답한 마음에 끄적여봅니다…. 예전에도 말씀드린 적 있는데, 제가 한 6개월 전부터 시가에서 통용되는 가족 호칭을 개선해보려 애쓰고 있거든요.

호칭을 바꿔보고 싶다고 처음 얘기를 꺼냈을 때 배우자의 부모님은 호의적이었어요. 문제가 될 사람은 제 배우자의 형 한 사람만이 아닐까 했는데, 의외로 형의 아내도 이런 얘기는 하고 싶지 않다며 대화를 거부해서 놀랐어요. 그 사람도 제 배우자를 '도련님' 따위의 호칭으로 불러야 하니까 당연히 이런 문화가 불편할 줄 알았는데, 오히려 자신을 '형님'이라고 부르지 않겠다는 것에 초점을 맞춰서 몹시 화가 났다고…. 제 배우자의 형 부부는 어떻게 아랫사람이 윗사람에게 이런 제안을 할 수 있냐는 입장이네요. 답답하긴 하지만 이 사람들도 이렇게 수직적인 사고방식을 가지게 된 배경이 있겠지 상상하면서, 적이 아니라 대화의 상대로 받아들이려고 노력 중이에요.

그래도 제 배우자나 배우자의 어머니가 저를 지지해줘서 큰 힘이 됩니다. 특히 제가 호칭을 바꿔보자고 얘기를 시작했을 때 어머니가 '용기 내줘서 고맙다'고 말씀하셔서 마음이 찡했고요…. 배우자의 부모님만 동의하면 호칭 개선은 일사천리로 진행될 줄 알았는데 아니네요. 한 5년짜리 프로젝트라고 생각하며 끈질기게 해볼 생각입니다. 그래도 저 정도면 좋은 환경에서 싸우고 있는 거겠죠…?"

글을 올린 뒤 나는 잠이 들었다. 다음 날 독서 모임의 단체 대화방에 회원들의 메시지가 하나둘 도착했다.

"자신의 주변부터 바꿔가는 모습 진짜 대단하시네요. 한국 사회에서 '시댁'이라는 관계는 굉장히 어려운 것일 텐데…ㅠㅠ"

"지난번에 말씀해주셨을 때도 느꼈지만, 배우자의 어머니께서 저런 태도를 취하시고 지지 발언을 해주시는 게 한국 사회에서는 정말 보기 드문 일이라 놀라워요. 쉽지 않겠지만 응원을 보냅니다!"

"복잡한 상황이지만 가족 내에 공감대가 형성된 분이 있다는 게 좋은 것 같아요. 계속 이야기해볼 수 있는 기반이 생긴 거니까요."

나는 답장을 썼다.

"응원 감사합니다. 시어른들이 지지해주시는 것이 큰 힘이긴 한데, 동시에 한 며느리가 시가의 권력을 등에 업고 또 다른 며느리를 억압하는 구도가 되지 않도록 조심하고 있어요."

"시부모님이 한쪽 편만 드는 것처럼 보이는 건 또 다른 문제네요."

나는 대답했다.

"그죠. ㅎㅎ 이런 식으로 사람 사이의 알력을 고민하면서 살아본 적이 없는데 새롭네요. ㅎㅎ"

"한국 사회에서 시부모와 며느리 간의 종속적인 관계의 역사가 있다보니까, 각자 자유롭게 의사 표현을 하려고 해도 무슨 권력 구도를 짜는 것처럼 되는군요."

사람들의 메시지를 읽다보니, 나와 시가 구성원들이 왜 이런 구도 안에 있어야 하는지 새삼 의문이 들었다. 호칭에 대한 논의가 이기고 지는 싸움이 아니라 자유롭게 의견을 교환하는 장이 되기를 바란 것은 나의 욕심이었을까? 독서 모임 대화방에 다시 메시지가 도착했다.

"가족 호칭에 대한 기사를 찾으면 보내드릴게요. 다르게 살 수 있는 가능성을 자주 접하면 생각이 바뀌지 않을까요? 진짜 주변 사람들 바꾸는 게 쉽지 않아요. 우리 부모님도 살던 대로 살거든요…. 소식 전해주세요."

"네~ 일단 당장 관계가 불편해지더라도 시가 구성원 모두가 이 문제를 공유하는 상황 자체는 긍정적이라고 생각해요. 앞으로 일이 어떻게 진행될지 기대되네요!"

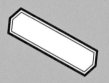

이럴 때는 어른이 교통정리를 해줘야지

교.통.정.리?

말 섞으면
길어져요

며칠 뒤 '박가네' 방에 유빈의 백일잔치 초대장이 올라왔다. 두현의 어머니는 내일 백일 반지를 사러 갈 건데, 우리가 준비할 몫까지 함께 사다 줄지 전화로 물었다. 나는 두현의 어머니에게 부탁한다고 말하며 돈을 보냈다. 내가 없는 대화방에 초대장이 올라왔지만, 두현의 어머니는 당연히 내가 참석할 것을 가정하고 말했다. 나 역시 시가의 경조사를 챙기는 것이 내 의무라는 생각에서 자유롭지 않았다.

"나도 백일잔치에 가야겠지?"

두현은 왜 당연한 걸 묻느냐는 표정으로 대답했다.

"그럼. 자기가 안 가면 정말 공격한 거라고 생각할걸."

두현과 나는 일요일 아침에 일어나서 외출 준비를 했다. 백일잔치 장소는 지하철로 한 시간쯤 걸리는 곳이었다. 두현과 나 그리고 두현의 부모님은 지하철역에서 만나 잔치가 열리는 식당까지 걸어갔다. 두현의 어머니는 수진이가 나를 뭐라고 부를지 걱정된다고 말했다. 나는 서로 안 부르지 않겠냐며 어깨를 으쓱여 보였다. 상대를 이해할 수는 없다고 해도, 굳이 싫다는 호칭으로 부르겠냐는 것이 내 생각이었다. 또한 내가 잔치의 주최자라면 축하하러 온 사람의 기분을 상하게 하고 싶지는 않을 것 같았다.

우리들은 계단을 내려가 식당으로 들어섰다. 수진이 나를 보고 첫마디를 뗐다.

"동서, 왔어?"
"동서….."

두현의 어머니가 조그맣게 중얼거렸다. 나는 동서라는 호칭에도 놀랐지만, 수진이 여태껏 존댓말을 쓰다가 갑자기 반말을 쓰는 것에 더 놀랐다. 수진은 유빈을 안고 꽃과 풍선으로 장식된 잔칫상 앞으로 가며 손짓했다.

"여기 와서 같이 사진 찍자, 동서."

나와 두현은 엉거주춤 수진의 옆에 섰다. 한 여자가 카메라를 들고 빠르게 다가왔다. 수진은 그 사람을 '올케'라고 소개했다. 잔치 자리에 모인 모두가 정장 차림이었는데, 그 사람만 티셔츠를 입고 있는 것이 눈에 띄었다. 나는 카메라를 보면서 입꼬리를 올리려고 애를 썼다. 사진을 찍은 다음 두현은 유빈의 백일을 축하한다고 수진에게 인사했다. 수진은 아기에게 속삭였다.

"유빈아, 작은엄마랑 작은아빠야."

수진의 부모님과 두현의 부모님이 악수를 나누고, 사람들이 하나둘 긴 식탁에 둘러앉았다. 양가 부모님들이 가운데 앉고, 수진과 재현, 수진의 언니 부부, 수진의 남동생 부부, 우리 부부가 자리를 잡았다. 차림사들이 샐러드와 파스타를 놓고 갔다. 나는 묵묵히 젓가락을 놀렸다. 두현은 옆에 앉은 재현과 웃는 얼굴로 이야기를 나눴다.

식당의 인테리어를 새로 했는지 방 안에 화학약품 냄새가 떠돌았다. 천장에 달린 히터에서는 뜨거운 바람이 뿜어져 나오고 있었다. 나는 오래전부터 알레르기성 결막염을 앓고 있었는데, 화학약품 기운과 히터 바람 때문에 눈두덩이 점점 부어오르는 것이 느껴졌다. 나는 대체 무엇 때문에 이 자리에 앉아 있는 걸까? 잔칫상 한쪽에 쌓여 있는 백일 반지 상자를 보며 생각했다. 시간과 돈을 쓰고 수진의 행동을 감내하면서 내가 이 자리에 있는 이유는 하나뿐이었다. 두현과 결혼했다는 것. 내가 여기에서 나가버리면 두현의 부모님이나 두현이 난처해질 것이 뻔했다. 백일잔치 주인공은 유빈인데 내가 불필요한 시선을 끌고 싶지도 않았다.

나는 화장실에서 눈을 씻고 돌아왔다. 처음으로 느껴보는 무력감이 몸과 마음을 무겁게 눌렀다. 수진의 아버지는 식당 한쪽에서 꼼지락거리는 어린아이들을 보며 흐뭇하게 말했다.

"요새는 딸을 낳는 게 더 좋죠. 저는 우리 집 큰애한테도 그렇게 이야기합니다. 너희들이 딸을 셋 낳으면 만점이었을 텐데, 마지막에 아들을 낳아서 아쉽게 됐다고."

모두가 웃음을 터뜨렸다. 식사 자리가 끝날 무렵, 수진이 케이크를 상자째 가져와 나에게 내밀었다.

"동서, 이거…."

수진은 나와 눈을 마주치며 말을 맺었다.

"먹어…요."

나는 이 반말과 존댓말의 곡예를 통해 수진이 보여주려는 것이 무엇인지 궁금했다. 두현의 어머니가 다가와서 케이크를 챙기라고 손짓했다. 수진이 말했다.

"어머님, 저희 때문에 속상하셔서 어떡해요."
"응? 아니야, 아니야."

　백일잔치가 끝나고 사람들은 하나둘 인사를 하며 자리를 떴다. 우리 부부도 수진과 재현에게 인사를 하고 돌아섰다. 두현이 방을 나서려 할 때, 수진이 두현의 옷소매를 붙잡았다.

"도련님, 우리는 잘 지낼 수 있어요."

　두현은 당황한 얼굴로 수진을 바라봤다. 수진은 같은 말을 다시 한 번 되풀이했다. 두현은 나중에 이 말이 무슨 뜻인지 열심히 생각했다고 말했다. 막연하게 모두와 잘 지내고 싶다는 말인가? 아니면 민정이를 제외하고 나머지 사람들끼리 잘 지내면 된다는 얘기인가? 혹은 기존의 호칭을 그대로 쓰기만 하면 우리 모두 잘 지낼 수 있다는 의미인가? 두현은 이때 수진의 목소리가 묘하게 절박하게 들렸다고 했다.

　식당에서 나온 다음 두현의 부모님과 우리 부부는 카페

에서 커피를 마셨다. 두현의 어머니는 재현이 여러 번 자신에게 전화했다고 얘기했다.

"재현이가 그러더라. 엄마가 민정이 말을 중간에서 커트해 줘야지, 왜 동조하는 식으로 나오느냐고. 이럴 때는 어른이 교통정리를 해줘야 한다기에 나도 뭐라 했어. 호칭 얘기가 뭐라고 커트하고 말고 하냐. 교통정리? 나는 너희들을 그렇게 키운 적이 없다."

두현이 끼어들었다.

"교통정리? 형이 그런 말을 했다고?"
"그러니까. 나중에는 민정이가 우리 집안을 우습게 보고 그러는 거라는 얘기까지 나와서, 애들이 무슨 소릴 하나 싶었어. 아니, 나도 가만히 있는데 자기들이 왜 집안 운운해? 이 얘기 들으니까 수진이가 그렇게 말한 건가, 자기 집이랑 우리 집을 비교하는 건가 싶어서 기분이 조금 그렇더라.
나는 민정이가 처음 호칭 얘기를 꺼냈을 때 가족 신문을 만들면 어떨까 생각했거든. 너희들이 그렇게 재미있게 문제를 풀어가길 바랐는데…."

아쉬워하는 두현의 어머니를 보고 두현의 아버지는 껄껄 웃었다.

"다 사람 사는 문화가 다른 거야."

두현의 아버지는 서로가 불리고 싶은 대로 호칭을 정하자고 했다. 자신이 재현과 수진에게 이야기하겠다는 것이었다. 두현의 어머니도 그 방법이 좋겠다고 거들었다. 나는 망설였다. 결국 아버지가 나서서 가족 호칭을 정할 수밖에 없는 걸까? 기존의 가부장적인 호칭 문화를 해체하려면 결국 또다시 가부장의 권력이 필요한 걸까? 두현의 어머니는 말했다.

"나도 민정이가 메시지 보냈다는 얘기 듣고 수진이한테 그랬어. 그래도 연락을 받았으면 답장을 하는 게 좋지 않겠니. 그러니까 수진이가 딱 대답하더라고. 어머님, 말 섞으면 길어져요."

두현의 부모님과 우리 부부는 두어 시간 이야기를 나누고 헤어졌다. 집으로 돌아왔을 때 두현의 휴대전화로 재현의 문자메시지가 왔다.

"잔치 케이크에는 좋은 뜻이 담겼다더라. 수진이도 그래서 준 거라는데 의미가 전달이 된 건지 모르겠군."

재현의 문자메시지를 보자 가슴이 답답해졌다. 왜 이 사람들은 할 말이 있으면 그냥 하지 않고, 자기 행동의 뜻을 남이 헤아려주기를 바라는 걸까? 의도적으로 상대방에게 불쾌감을 주는 행동을 해놓고 뒤돌아서서 달래주려는 태도를 좋은 뜻으로 해석할 수는 없었다.

두현은 저녁 무렵 친구와 약속이 있다며 다시 나갔다. 나는 혼자 이불을 뒤집어쓰고 누워서 지금까지 있었던 일들을 곰곰이 떠올려봤다. 호칭을 바꿔보자고 했을 때 수진은 왜 못 들은 척하면 그만이라고 생각한 걸까? 정말 내가 자신보다 '아래'에 있기 때문에 내 말에 반응할 가치가 없다고 믿는 걸까? 더 나아가, 굳이 반말을 사용하거나 싫다는 호칭으로 날 부르면서 '내가 너의 말을 무시할 수 있음'을 과시하려는 이유는 뭘까?

나는 수진과 내가 가족이라는 집단에서 만났을 때 이렇게 대결 구도를 이루게 되는 것이 신기했다. 만약 우리가 사회에서 만났다면, 호칭이 불편하다는 내 의견에 '말 섞으면 길어진다'는 식으로 이야기를 내칠 수는 없었을 것이다. 왜 대등한 개인이 가족 관계로 만났을 때는 권력자와 피권력자로 나누어지는 걸까?

　밤늦게 집으로 돌아온 두현은 가족 호칭 문제에 대해서 친구들과 이야기해봤다고 했다. 두현과 또래인 두 남자는 내 이야기를 듣고 '사회의 가부장적인 구조를 바꾸고 싶으면 사회운동을 하지, 왜 가족들한테 그랬는지' 고개를 갸웃거렸다고 했다. 이것이 보편적인 남자들의 인식인가 싶어서 한숨이 절로 나왔다. 가족과 사회가 무 자르듯 나누어지는 집단이 아니라는 점은 차치하고라도, 자신들에게는 태어날 때부터 속해온 익숙한 '가족'이 결혼한 여자에게는 또 하나의 사회라는 사실을, 그들은 손톱만큼도 인식하지 못했다.

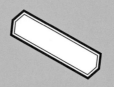

일상적이거나 의례적인
대화가 좋은 말?

좋은 말과
나쁜 말

다음 날 내가 출근한 뒤 재현이 두현에게 전화를 걸었다.

"지금 수진이가 난리 났다. 엄마는 왜 또 이야기를 꺼내서…. 지금 우리끼리도 계속 싸우고 있어. 너도 수습할 방법을 찾아봐."

두현은 어리둥절한 상태로 어머니에게 전화했다. 무슨 일이 있었는지 묻자 두현의 어머니는 말했다. 어제 잔치가 끝나고 내가 수진에게 전화했었다. 그때 수진이도 기분 좋은 목소리로 전화를 받았고, 내 생각에는 분위기가 괜찮다 싶어서 슬쩍 이야기를 꺼냈지. 너희들 그냥 서로 불리고 싶은 대로 불리는 게 어떻겠니? 그러니까 수진이 그러더라. '에이, 그건 안되죠.' 아무렇지도 않게 말하기에 나도 '응, 그래' 하고 넘어갔다. 근데 그것 때문에 난리가 났다고?

재현은 두현과 통화를 하면서, 잔치 자리에서 내 표정도 문제였다고 말했다. 잔치가 끝난 다음에 수진의 가족들이 내 표정이 왜 저렇게 안 좋은지, 동서끼리 사이가 나쁜 건지 계속 물어봤다고, 그것 때문에 자신과 수진도 곤란했다는 것이다. 두현에게서 재현의 이야기를 전해 듣고 나는 말했다.

"나도 좋은 얼굴로 그 자리에 있고 싶었지만, 그건 정말 내 능력 밖의 일이었는걸. 내가 정치인처럼 표정 관리를 능숙하게 할 수 있는 것도 아니잖아."

내가 반말을 들으면 얼굴을 찌푸리리라는 걸 예상하지 못했던 걸까? 상대가 싫어할 것이 뻔한 행동을 해놓고 웃기까지 바라는 건 지나친 욕심 아닌가. 심지어 수진의 가족 중에는 내가 우는 것을 봤다는 사람도 있었다. 결막염 때문에 그렇게 보일 수도 있었겠거니 이해는 됐지만, 내 표정에 대해 이러쿵저러쿵 얘기했을 사람들의 모습을 생각하니 불쾌했다.

"울었다고 생각했다면 오히려 미안해해야지. 한 사람을 울려놓고 왜 우느냐고 화내는 건 못된 행동 아니야?"

두현은 내 말이 맞다고 하면서도, 지금 중간에서 형이 너무 힘들어하는 것 같다며 걱정했다.

두현의 어머니와 수진이 몇 차례 통화를 한 다음, 수진에게서는 왜 동서만 싸고도느냐는 불만이 터져 나왔다. 그런 의도가 없었다고 두현의 어머니가 아무리 설명해도 분위기는 점점 나빠졌다. 전해 듣기로 두현의 어머니는 수진과 통화하면서 왜 민정이에게 동서라고 부르면서 말을 놓았냐고 물었다고 했다. 수진은 자신의 의지를 확고하게 보여주면서 친해지고 싶었기 때문이라는 식으로 대답했다. 그리고 이런 질문을 받는 것 자체가 서운하다며 난색을 표했다.

이야기를 미루어 짐작해보건대, 호칭에 대한 제안을 못 들은 척 넘겼던 것을 자신이 한번 참아준 일 정도로 생각하는 것 같았다. 그것만으로도 윗사람으로서 너그러운 태도를 보였다고 생각했는데, 도리어 왜 자신을 탓하냐는 것이었다. 나로서는 어떻게 수진이 내 제안을 묵살하면서 동시에 나와 친해질 수 있다고 생각한 건지 의아했다. 그가 나라는 사람과 어떤 식으로 관계 맺기를 기대한 건지 좀처럼 짐작할 수 없었다.

재현은 지금의 사태에서 두현의 어머니가 '2등 공신'이라며 분통을 터뜨렸다. 물론 '1등 공신'은 나였다.

"수진이가 억울해서 미치려고 한다. 자기는 잘 살고 있었는데 왜 이러냐고."

재현은 자신과 수진이 얼마나 불행한지 두현에게 설명했다. 우리끼리도 그만하자고 해놓고 자꾸 호칭에 대한 이야기가 나온다. 이런 싸움에 유빈이가 영향을 받을까 봐 걱정이다. 지금 한창 유빈이의 정서가 발달할 때 아니냐. 이런 모습을 유빈이한테 보여주는 것 때문에 수진이가 얼마나 괴로워할지 생각을 좀 해 봐라….

두현은 형의 가정에 불화를 안겨줬다는 죄책감에 시달렸다. 밤낮으로 이어지는 어머니와 형의 연락에 업무에 집중할 수 없는 것은 덤이었다. 두현의 어머니는 어머니대로, 중간에서 자신이 처신을 잘못한 것 같다고 자책했다.

"나랑 민정이랑은 오래 알아서 친하잖아. 그런데 수진이는 안 지가 얼마 안 돼서 서로 서먹하니까 여기서 내 편은 하나도 없다고 생각한 것 같아. 내가 그런 마음을 헤아려줬어야 했는데 너무 무심했어."

나는 시가 구성원들이 호칭이라는 문제를 놓고 왜 '내 편'과 '네 편'으로 나누어져야 하는지 답답했다. 왜 이것을 이기고 지는 싸움이라고 생각할까? 얼마든지 함께 얘기하면서 의견을 조율해볼 수 있는 문제가 아닌가. 그런 생각을 이야기했을 때, 두현의 어머니는 이렇게 대답했다.

"수진이는 그런 얘기 하기 싫대. 가족들끼리는 좋은 말만

하고 싶대."

　내가 언뜻 알아듣지 못하자 두현의 어머니가 설명했다. 유빈이가 태어난 다음에 재현이가 아버지한테 술을 한잔 대접하겠다고 청했어. 그래서 우리가 집에 놀러 가니까 음식을 한 상 차려놨더라. 식사 자리에서도 수진이는 '입에 맞으세요, 음식이 부족하진 않으세요' 그런 말만 하지, 너랑 두현이처럼 이 얘기 저 얘기 안 하더라. 우리가 어려워서 그런가 싶어서 재현이한테 물어보니까, 수진이 집도 크게 다른 분위기는 아닌 것 같았어. 재현이가 말하기를 처가 쪽 사람들도 만나면 서로 '잘 지냈어요, 별일 없으세요' 같은 얘기만 한다고. 수진이는 우리한테도 그렇게 좋은 말만 하고 싶다고 하더라.

　두현 어머니의 이야기에 따르면, 수진이 '좋은 말'이라고 분류한 것은 일상적이거나 의례적인 대화인 것 같았다. 그렇다면 반대편에 있는 '나쁜 말'은 무엇일까? 자신의 생각과 의견을 이야기하는 것? 여자가 시가 구성원들에게 자기 생각을 이야기하면 '나쁜 말'이 되는 걸까? 두현의 어머니는 수진도 자신의 역할 안에서 예쁨을 받기 위해 애를 쓰는 것 같아 짠하다고 했다. 그러면서 이렇게 추측했다. 수진은 이때까지 자기가 시가에서 흠잡을 데 없이 행동했는데, 왜 다들 자기한테 동서 말을 따르라고 하는지 이해할 수 없다고 생각한다고. 시가 식구들이 민정이만 감싸고 자기는 미워한다는 생각에 상처를 받은 것 같다고….

두현 어머니의 말대로라면, 시가에서의 모든 의사소통을 파워 게임으로 해석하는 수진의 관점이 내게는 너무나 낯설었다. 수진에게 시부모의 애정은 곧 권력이고, 내가 변화를 제안하는 것은 그 권력을 등에 업었기 때문에 가능한 일이었다. 그런 시각에서 보면 집단에서 변화를 제안하는 것은 권력자만의 특권이었다. 내가 무엇 때문에 호칭을 바꾸자고 제안하는지 이유는 중요하지 않았다. 이야기를 들을수록 나는 수진과 대화를 나눌 의지가 사라져갔다. '시부모가 자신보다 동서를 예뻐하기 때문에 이 모든 일이 일어났다'라고 믿는 이상, 아무리 설명해도 그 '서운함'이라는 감정을 논리로 희석시킬 수는 없을 것 같았다. 두현의 어머니는 그쪽은 워낙 말이 안 통하니 우리 부부가 먼저 화해의 제스처를 보이는 게 어떠냐고 권했다. 나는 생각해보겠다며 말꼬리를 흐렸다.

한 주 내내 제대로 잠을 이루지 못하던 두현은 급기야 몸살을 앓았다. 나는 죽을 사 와서 식사를 차렸다. 식탁 앞에 앉은 두현은 며칠 만에 눈에 띄게 여위어 있었다. 두현은 힘없이 죽을 뜨며 재현에게 문자메시지를 보냈다.

"형수님은 참 좋은 분인데, 착한 분인데, 우리 의도가 잘

못 해석돼서 상처를 준 것 같아 슬퍼. 형수님은 아직 많이 화나셨어? 우리는 '이제 맞먹읍시다' 이런 의도로 말한 게 아닌데, 마음이 불편해…. 그렇다고 섣불리 얘기를 꺼내자니 더 오해를 살까 봐 걱정되고. 얘기를 잘 꺼낼 준비가 될 때까지는 진정이 되셨으면 좋겠는데…."

나는 두현이 보낸 문자를 보고 '맞먹는다'는 표현에 깜짝 놀랐다. 내 표정을 본 두현은, 아직 호칭에 대한 합의가 되지 않았으니 기존의 방식대로 '형수님'이라는 호칭을 쓰는 거라고 변명했다. 전혀 초점을 파악하지 못한 두현의 말을 듣자 암담함마저 느껴졌다. 두현마저도 가족 사이의 위계를 자연스럽게 받아들이고 있는데, 내가 어떻게 두현의 형 부부를 이해시킬 수 있을까. 재현에게서 '진정하려고 노력 중이니, 잘 정리해서 사과하러 오라'는 답장이 날아왔다. 나는 두현에게 말했다.

"당신 정말 사과하러 갈 거야? 뭘 사과할 건데? 모두가 행복한 호칭을 찾아보자는 말이 왜 사과할 일이야?"

두현은 내 뜻이 아무리 옳아도 이 상황에서는 상대방에게 맞춰주는 것이 문제를 풀어가는 효과적인 방법이라고 했다. 형 부부가 우리의 제안에 귀를 기울이게 하려면, 우리가 먼저 그들을 이해하는 태도를 보여야 한다는 것이었다. 나는 왜 호칭 문제로 이런 협상을 해야 하는지 이상하다고 생각했다.

"내가 지금 자기 형 부부한테서 뭔가를 얻어내려는 게 아니잖아? 나는 불평등한 걸 바로잡았으면 했던 건데…."

두현은 내 뜻은 알지만 지금 수진이 공격받았다는 생각에 사로잡혀 있으니, 먼저 그의 기분을 달래야 한다고 했다. 하지만 이 갈등이 전적으로 수진의 방어적인 태도 때문일까? 가족 호칭 문제에 재현과 두현의 책임은 없는 걸까? '형님-동서'를 바꾸는 것만이 문제라면, 두 사람이 나서서 '아주버님'이나 '도련님'부터 바꾸자고 하면 되지 않는가? 두현에게 그렇게 묻자, 수진은 모든 종류의 호칭 변화를 자신의 자리를 위협하는 행동으로 해석할 거라는 대답이 돌아왔다. 반면 재현은 수진만 괜찮다고 하면 얼마든지 내 제안을 받아들일 사람이라는 것이었다. 나는 미심쩍다는 표정으로 두현을 바라봤다. 무엇보다 형제들이 서로의 아내를 대신해서 협상한다는 식의 태도에 기분이 나빴다. 수진은 그렇다 치고, 재현 역시 이 갈등을 두현과 얘기해서 해결하면 그만이라고 생각하

는 것 같았다. 한밤중에 두현의 휴대전화로 재현의 문자메시
지가 왔다.

"빨리 움직여야겠다. 우선 1차로 사과의 운을 띄워. 수진
이한테만 보내지 말고 단톡방에."
"그래도 됨? 내가? 아니면 민정이가?"
"모르겠어."

두현은 형의 문자에서 느껴지는 급박함이 심상치 않다면
서, 자신이 빨리 이 일을 수습해야 할 것 같다고 말했다. 나는
재현과 수진의 싸움은 둘이 알아서 해결하도록 두는 것이 낫
다고, 여러 사람이 끼어들수록 상황이 악화되는 것 같다고 두
현을 말렸다. 그러나 두현은 자신이 형의 집에 찾아가 사과하
는 것이 이 갈등을 해결할 수 있는 유일한 방법이라고 우겼다.
나는 결국 마음대로 하라고 두 손을 들었다. 두현은 내일 저
녁에 퇴근하고 찾아가겠다며 재현에게 문자를 보냈다.

"그런데 나 혼자 찾아가도 되는 거지? 민정이도 같이 가는
게 더 좋으려나? 근데 요새 민정이가 야근 시즌이라…."
"그건 나중에 생각하고. 한 번에 해결될 거라고 생각하지
않는 게 좋겠다. 각오하고 와. 네가 수진이한테 용서만 빌다가

끝날 수도 있어. 나는 그래도 네 말을 들어주고 이해해주려 했지만, 수진이는 억울한 피해자니까 다르다."

"응, 그래요. 잘 얘기해볼게."

나는 재현의 집에 찾아갈 생각이 없다고 짧게 말했다. 두 사람이 주고받는 문자를 보면서 어처구니가 없었지만, 더는 말을 얹고 싶지 않았다. 이름에 '님'자를 붙여서 부르자는 말을 들었다고 '억울한 피해자'가 된다는 얘기에 더 어떤 설명을 해야 하는지도 알 수 없었다. 도대체 재현은 수진이 무슨 피해를 입었다고 생각하는 걸까? 호칭을 바꿔보자는 말 때문에 수진의 위엄, 권위, 정체성이 훼손됐다고 믿는 걸까? 평온한 일상이 흔들린 것을 피해라고 생각한다면, 그 일상을 흔든 '1등 공신'은 내가 아니라 수진과 재현 자신이 아닐까? 두현은 휴대전화의 자판을 콕콕 찍으며 사과의 글을 썼다. 내일 아침 일찍 카카오톡 단체 대화방에 문자메시지를 올릴 계획이라고 했다. 나는 두현의 휴대전화 메모 창에 뜬 글을 읽었다.

"간밤에 잘 주무셨나요? 아침부터 이렇게 문자를 보내는 것이 어떨지 모르겠습니다. 최근에 여러 가지로 마음이 심란하신 것을 압니다…. 서로의 오해가 더 깊어지기 전에, 저희가 미처 생각하지 못한 부분에 대해 사과를 드리고, 저희의 본래 의도를 해명하고 싶습니다. 저희는 결코 누군가를 깎아내리고 싶은 마음이 없었습니다. 그런데 저희의 주장 속에 있던 오해의 씨앗이 자라나, 기대와 믿음이 있었던 우리의 관계를 부수어 놓은 것 같아 마음이 아픕니다. 그건 결코 저희가 의도한 바가 아닙니다. 지금까지 있었던 일에 대해 올바르게 밝히고, 그 과정에 생긴 상처를 낫게 만드는 시간을 가지고 싶습니다. 제가 찾아뵈어도 될까요? 지금의 상황이 저는 너무 가슴 아픕니다."

두현은 내 눈치를 살폈다. 나는 두현의 헬쑥한 얼굴을 보며 한숨을 내쉬었다. 이렇게 사과하는 것으로 모두의 마음이 편해진다면 됐다고, 더 이상 내 주장을 앞세우지 말자고 생각했다.

이렇게 생각하게 된 데는 두현 어머니가 했던 말도 어느 정도 영향을 미쳤다.

"수진이는 여기서 내 편이 하나도 없다고 생각하는 것 같아."

나는 어렸을 때 이사를 자주 다녔는데, 새로운 유치원이나 학교에 가면 친구를 사귀는 것이 큰 스트레스였다. 이미 친해진 친구들 틈에서 외톨이로 있는 것은 괴로운 일이었다. 두현의 어머니에게 저 말을 들었을 때, 호칭 문제를 놓고 어째서

편을 가르냐는 생각과는 별개로 낯선 사람들 사이에서 잔뜩 긴장한 여자아이의 모습이 머릿속을 휙 스쳐 갔다.

어쩌면 수진이라는 사람도 지나치게 긴장한 나머지 자꾸 헛발질을 하게 되는 것이 아닐까? 자기가 아는 전통적인 가족상에 현실을 맞춰야 한다고 이를 악물다보니 동서의 '기'를 죽이겠다고 자기 아이의 백일잔치 분위기를 망쳐버리고, '동서가 이 집안을 우습게 보는 거'라고 말했다가 도리어 시어머니에게 좋지 않은 인상을 주었던 거라면…. 실제 수진의 생각을 정확하게 알 수는 없지만, 그의 행동에서 의도와 결과가 삐걱거리고 있다는 사실만은 분명했다.

잠들기 전, 일주일째 냉장고에 그대로 방치되어 있는 케이크가 떠올랐다. 아마 수진이 준 케이크를 먹을 일은 없겠지만, 그 안에 담긴 뜻은 생각해볼 수 있었다.

'나를 이해해주세요.'

그것이 케이크에 담긴 수진의 메시지라는 생각이 들었다. 나는 이 시가 구성원 사이에서 나 자신은 물론 그 누구도 소외감을 느끼지 않기를 바랐다.

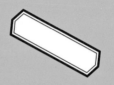

주제를 선택해도 꼭 그런 걸…
어휴…
그깟 호칭 때문에 1년이나?
어휴,
자격지심 아니야?

일상에서 시시콜콜
따지는 게 무슨 소용이야?

두현은 간밤에 쓴 사과의 글을 아침 일찍 단체 대화방에 올렸다. 그런 뒤 어머니에게도 형 부부에게 사과했다는 말을 전했다. 두현의 어머니는 내 기분이 괜찮은지 문자를 보냈다. 나는 답장을 썼다.

"제 걱정은 안 하셔도 괜찮아요. 지난 백일잔치 때는 많이 속상했는데 어머님 얘기도 듣고, 두현이 건너서 형 얘기도 들으면서 상대방의 입장을 생각해보게 됐어요. 그쪽에서는 어머님이 동서만 좋아한다고 생각하면서 소외감을 느꼈다는 것도 처음 알게 됐고요. 또 그런 상황에서 호칭 얘기를 꺼내니 자기를 무시한다고 여겼겠구나 이해가 갔어요. 지금까지 저도 너무 제 입장에서만 생각했나 봐요. 두현이가 저녁에 찾아가기로 했어요. 저는 이제 이야기가 흘러가는 대로 놓아두려고요."

두현의 어머니는 대답했다.

"그래, 때로는 흘러가는 대로 두는 것도 좋은 거야. 결혼하고 나니까 주변의 상황과 관계를 피할 수 없게 되더라. 일종의 외교를 해야 하는 것 같아. 외교라고 하니까 거창하지? 민정이도 편하게 생각하고 너그럽게 받아들여."

나는 한숨을 쉬며 휴대전화를 내려놓았다. 이야기가 이런 식으로 끝나게 되는구나. 호칭을 바꾸지는 못했지만, 시가 구성원들에게 내 불편함에 대해서 이야기했다는 것만으로도 한발 나아간 셈이라고 생각했다. 그것으로 만족해야 한다고 자신을 다독였다.

그러나 재현의 반응은 예상과 달랐다. 두현의 사과 글을 보고 재현은 격분했다. '박가네' 대화방에 재현의 문자메시지가 연달아 올라왔다. 두현은 문자메시지의 내용을 나에게 말로 전하다가, 분량이 많아지자 화면을 사진으로 찍어서 보냈다.

"지금 죄송하다고 해도 모자랄 판에 해명은 무슨 해명이냐? 꼭 너희들 뜻이 필요해? 답답하다, 진짜. 나도 이런데 수진이는 오죽하겠냐."

두현은 '오해를 일으킨 것을 해명하고 사과하고 싶다는 말도 거부한다면, 자신이 무슨 얘기를 할 수 있는지' 물었다. 재현은 '진정으로 숙이고 오고 싶으면 지금까지의 일을 전부

사죄하라'면서 '앞으로 호칭을 잘 지켜서 부르고, 다시는 호칭에 대해서 말 꺼내지 않겠다고 약속하라'고 요구했다.

"너희들이 잘못한 걸 깨달았다고 해야 수진이가 용서해 줄 거 아니야. 지금 두현이 네가 가슴 아픈 게 중요해? 가족들하고 인연 끊는 사람 심정이 이해가 간다. 나는 우리 가족들이 어느 정도 말이 통하는 사람들이라고 생각했는데 아무도 문제의 심각성을 모르고 있어. 이 문제를 심각하게 받아들이고 해결할 자세가 안 돼 있어."

재현은 계속 답답하다는 말을 섞어가며 설명했다.

"수진이도 민정이가 첫 문자 보냈을 때는 무시했어. 눈치 없는 두 번째 문자에 설마 했던 게 확실해진 거지. 우릴 우습게 봤구나. 우리 가족도 우습게 보는구나. 이런 얘기는 어른이 중간에서 커트해야 할 것 같다고 얘기했는데 엄마는 통과시켰고. 민정이는 엄마 상투 잡고 흔드는 모양새 됐고."

두현은 물었다.

"민정이 문자를 보고 그렇게 생각했다고?"

"내가 봐도 그래. 예절이 기본 상식인 사람에게는 반말 까지는 얘기로 들리지. 동서가 직접 메시지를 보냈으니 형님에 대한 도전이고. 수진이는 이 집에 시집와서 이런 대접 받을 거라고는 상상조차 못 했는데…."

나는 왜 내가 직접 메시지를 보내는 것이 '도전'인지, 나와 그들 사이에 어떻게 '도전'이라는 개념이 존재할 수 있는 건지 의아했다. 두현의 어머니가 말했다.

"미안하다. 내가 수진이한테 사과할게. 어떻게 사과하면 되겠니?"

재현이 말했다.

"엄마도 마찬가지야. 사과하려면 진정성 있게 수진이 입장이 되어서 생각해 봐. 수진이는 없었던 일로 하고 넘어가려 했는데, 엄마가 백일잔치 저녁에 결정타를 날렸지. '각자 불리고 싶은 대로 하는 게 어때? 민정이는 성격이 그러니까 붙임성 있는 네가 한번 얘기해 봐라.' 우리끼리는 다 끝난 얘기였는데 무슨 안건이라고 또 꺼냈는지…. 이전까지는 엄마가 중간에서 불쌍하다고 생각했는데, 그렇게 편들고 나올 줄이야."

나는 재현과 수진이 나와는 한마디도 하지 않은 채 호칭에 대한 얘기를 '다 끝난 얘기'로 여기고 있었던 것에 놀랐다. 또한 두현의 어머니가 수진 앞에서는 짐짓 내 성격을 흉보며 수진을 띄워주는 식으로 얘기했다는 것을 확인하자 슬픈 기분이 들었다. 그것이 시어머니가 며느리들을 대하는 하나의 소통 방식이자 테크닉일까. 왜 우리는 이렇게 앞과 뒤의 태도가 달라야 하는 걸까. 그런 '외교' 위에 세워진 인간관계는 또 얼마나 허약한 것일까. 재현의 말은 계속됐다.

"그리고 잔칫날에 뭐, 민정이 눈 알레르기? 사람들이 우는 거 봤다던데 수진이랑 나만 몰랐어. 유빈이 백일… 생각하면 의미가 너무 많고. 민정이는 수진이 감성에 아주 찬물을 끼얹었고. 그래도 수진이가 계속 '어머니는 보고 살아야지' 말해서, 나는 수진이한테 너무 고맙고 미안했어. 그만하자고 했는데 우리 사이에서도 자꾸 얘기가 나오고, 어제는 싸움이 절정이어서 두현이 너한테 SOS 친 건데, 아주 잘했다."

두현이 말했다.

"어머니, 민정이가 여성운동 하면 가족과 척을 지게 된다고 농담처럼 말했는데 정말 그렇게 되는 것 같네요. 형수님 잘

위로해주세요. 형이 말하는 '무시하면 되겠지', '반말 까자는 말로 들린다'는 것이 민정이가 지난 1년간 느껴왔던 답답함의 정체였어요. 얘기가 나오더라도 위에서 나와야지, 어떻게 아래에서 나오냐는 그런 반응들….

민정이는 사랑하는 사람과 결혼했다고 그 집안에서 암묵적으로 낮은 위치가 되는 것을 원하지 않아요. 거리를 인정받고 존중받고 싶어 하죠.

민정이도 형수님이 받았을 당혹감과 상처에 공감하고 있어요. 다만 자신의 발언에 침묵만이 돌아왔던 것에 깊은 상처를 받은 상태예요. 형수님, 형, 어머니 모두 받으셨을 상처에 대해서는 정말 안타깝고 너무 슬퍼요. 하지만 저희의 뜻은 다른 것 없이 말씀드린 그대로예요. 그 과정에서 오해를 일으킨 것에 대해 해명하고 사과하고 싶다는 말조차 거부한다면 저희가 어떤 말을 할 수 있나요? 당분간 안 보는 게 좋을 것 같아요. 죄송해요."

재현이 말했다.

"보자, 안 보자 그걸 왜 네가 결정해? 사과하고 싶은데 안 받아주니까 안 하겠다? 아, 진짜 답답하다."

두현의 어머니는 말했다.

"미안하다, 내가 사과할게. 감정이 더 격해지기 전에 잘 수습해야 서로에게 좋을 것 같다."

재현이 말했다.

"그리고 민정이는 원래 낮은 위치인데, 수진이가 존댓말까지 써왔어. 뭐가 문제였다는 거야? 동서니까 형님을 떠받들라고 했어? 자유롭게 됐잖아. 우리가 일을 시켰어? 이러니까 수진이가 캐치했지. 그래도 나이가 같으니까 수진이도 배려했어. 말도 붙여주고. 민정이가 지금 엄마 상투 잡고 수진이한테 '말 놓을게' 하는 꼴이라니까, 무슨 얘기 하는 거야?"

두현의 어머니는 말했다.

"수진이 의견 알았으니까 우리 이제 그만 사과하자."

재현은 아랑곳하지 않고 계속 말을 이었다.

"수진이가 반말했던 건 민정이 괘씸죄 때문이야. 원래 수진이 자리가 그래도 되는 거지만, 수진이도 그건 싫어서 존댓말 써왔어. 내가 경고했잖아. 호칭을 바꿀 만한 대의명분이 없다고. 그걸 일일이 설명해줘야 이해가 돼? 수진이가 이랬다저랬다 이렇게 화살을 날려줘야 좋아?"

두현은 말없이 재현이 쏟아놓는 글을 지켜봤다. 재현은 '단어 하나 때문에 1년이나 고민했냐'면서 '여성 인권에 대해 얘기하려면 경력 단절처럼 공감될 얘기를 하라'는 조언을 덧붙였다. 그랬다면 결혼하면서 회사를 그만둔 수진과 화기애애하게 이야기할 수 있었을 거라고.

"주제를 선택해도 꼭 그런 걸… 어휴… 그깟 호칭 때문에 1년이나? 어휴."

이어지는 빈정거림 속에서 나를 가장 아프게 했던 것은 두 마디였다.

"일상에서 그렇게 따져 들어가는 게 무슨 소용이야?"
"자격지심 아니야?"

이 말이 아팠던 이유는, 아마도 살아오는 동안 이런 말이 수없이 내 안에서 되풀이되었기 때문일 것이다. 나뿐만 아니라 많은 여자들이 살아가면서 어느 한순간은 자신에게 저 질문을 던지지 않을까. 그리고 그때마다, 내가 한 번 눈감고 지나가면 아무 문제 없다고 스스로를 설득하지 않았을까. 마음속 깊은 곳에서 이건 아니라고 외치는 작은 목소리를 지워버리지 않았을까.

두현의 어머니는 말했다.

"사과해, 두현아…. 길게 얘기하지 말고 사과해."

이번에도 같은 일이 반복되는 걸까? 내가 다시 한 번 입을 닫아야 하는 순간인가?

나는 답장을 써서 '박가네'에 올려달라고 두현에게 보냈다. 두현은 정말 이대로 대화방에 띄워도 괜찮겠냐고 물었다. 나는 말했다.

"한 글자도 다르게 하지 말고 그대로 올려줘."

두현은 문자를 전송했다.

"제가 이 가족에서 빠지면 '낮은 위치'에서 벗어날 수 있나

요? '괘씸죄'로 벌을 받지 않아도 되나요? 착하신 부모님 '상투 잡고 흔드는' 아랫것, 일도 안 시켰는데 감히 동등해지겠다고, 나 역시 다른 가족 구성원들과 똑같이 존중해달라고 이야기하는 몹쓸 아랫것의 위치에서 벗어날 수 있나요?

그렇게 해드리겠습니다. 제가 빠질 테니 두 분이 원하는 대로 '집안'을 만들어가시기 바랍니다."

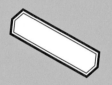

그들이 나에게 자유를 베풀었다고
생각하는 한, 이 자유는 모욕의
또 다른 얼굴에 불과하다

우리 집은
여자들이 더 존중받는데

"됐다. 걔도 삐딱선 탔네."

재현은 내 메시지를 보고 말했다.

"두현이 너는 어떻게 생각하냐? 나랑 수진이가 어쨌다고…. 너희들이 아랫사람이 아니라는 인식을 뼛속까지 심어주려는 거라면 포기하고. 부르는 말만 바꾸고 싶은 거라면 얼마든지 친분 쌓고 할 수 있는데 뭐야. 그리고 우리 집은 남자보다 여자들이 오히려 존중받는데 무슨."

재현이 왜 이 가족 집단에서 여자들이 더 존중받는다고 생각하는지 나로서는 알 수 없었다. 당장 자신부터 동생의 배우자인 나를 '원래 낮은 위치'라고 말하지 않았는가? 설마 이 가족 집단의 여자들이 제사상을 차리거나 명절 음식을 하지 않기 때문에 '남자보다 더 존중받는다'고 생각한 걸까? 그런 일을 하지 않는 건 남자들도 마찬가지인데…. 그런 생각 때문에 나를 '자유롭게 됐다'고 은혜를 베푼 것처럼 말했던 걸까?

사실 재현의 입에서 나온 '남자보다 여자가 더 존중받는다'는 말이 낯설게 들리지는 않았다. 요새는 남자가 여자한테 잡혀 살지. 요새는 남자애들보다 여자애들이 더 드세. 살면서 이런 말을 한 번쯤 들어보지 않은 사람은 드물 것이다. 이런 말을 하는 사람들은 남자와 여자에게 서로 다른 역할을 기대하는 사고방식 자체가 차별이라는 사실을 외면한다. 같은 자리에 있어도 그것이 남자에게는 '당연한 것'이고 여자에게는 '우대'라는 생각. 그 때문에 가족 호칭이나 자녀의 성씨 등의 문제에서 여자가 남자와 똑같은 권리를 요구하는 순간, 지금까지 자신이 누려왔던 것은 생각하지 못한 채 '요즘 세상/한국/우리 집에선 남자보다 여자가 더 존중받는데 뭐가 문제냐'는 말이 입 밖으로 나오는 것이다.

'우리가 일을 시켰어? 자유롭게 됐잖아'라는 재현의 말에는, 자신이 마음만 먹으면 누릴 수 있는 권리를 포기했는데 어째서 그 이상을 요구하느냐는 억울함이 짙게 배어 있었다. 이처럼 시가 구성원들이 나에게 일을 시킬 권리가 없다는 점을 인식하지 못하는 이상, 어떤 노동도 하지 않는다 해도 내가 그 집단에서 차별받는 위치에 놓여 있다는 사실은 달라지지 않는다. 그들이 나에게 자유를 베풀었다고 생각하는 한, 이 자유는 모욕의 또 다른 얼굴에 불과할 뿐이다.

재현은 무슨 근거로 나를 상대로 이런 특권 의식을 가지는 걸까? 그의 머릿속엔 어떤 그림이 들어 있기에 '너희들이 아랫사람이 아니라는 인식을 심어주려는 거라면 포기하라'고 당당하게 말할 수 있는 걸까? 그가 생각하는 이상적인 가족 관계는 신분제처럼 수직적인 구조일까? 부모님 밑에 장남과 차남, 그 아내들이 일렬종대로 서 있는 구도. 그러나 마냥 그렇다고 생각하기엔 재현이 깍듯하고 순종적인 태도로 어머니를 대하는 것도 아니었다. 혹시 이 엄격한 신분제는 결혼한 여자와 시가 구성원 사이에만 적용되는 걸까? 재현의 말은 계속 이어졌다.

"엄마도 민정이가 저러면 강력하게 얘기를 좀 해. 진짜 아빠가 나서는 게 지금 상황에선 베스트인데. 너무 엄마 혼자 해결하려고 애쓰는 것 같아. 아빠도 너무해. 우리 가족 다 불쌍해졌어."

뒤이어 그는 자신의 처가 이야기를 꺼냈다. 처가네 '올케'도 처음에는 '형님'인 수진에게 연락하기 어려워했는데, 결혼한 지 3년쯤 되니까 먼저 전화도 하고 시어머니도 자주 만난다는 것이었다. 나는 유빈의 백일잔치 자리에서 아이들을 챙기고 사진을 찍어주느라 바쁘게 돌아다니던 여자의 모습을 떠올렸다. 재현은 탄식했다.

"왜 우리 집은 이렇게 자연스럽게 되지 못하는 건데? 왜 우리 가족은 이렇게 되냐고….”

한바탕 말잔치가 끝난 뒤, 퇴근길에 두현의 어머니에게서 전화가 걸려 왔다. 수진이 오늘 오간 이야기를 보고 숨이 넘어가도록 울고 있다는 것이었다. 두현의 어머니는 자신이 달래봤지만 지금 수진의 귀에는 어떤 말도 들어가지 않는다고, 이러다가 애 엄마를 잡겠다며 읍소했다. 나는 너를 이해한다, 사랑한다, 도량이 넓은 네가 먼저 수진이에게 손을 내밀어주렴…. 나는 당황스러웠다. '숨이 넘어가도록 울고 있다'는 것이 두현 어머니의 표현 방식인지, 정말 수진이 그 정도로 격렬한 감정을 느끼는 건지 판단할 수가 없었다.

집으로 들어서자 두현이 풀죽은 모습으로 휴대전화를 들여다보고 있었다. 나는 두현을 붙잡고 말했다. 당신이 왜 사과를 했는지 모르겠다. 기껏 사과하고 욕만 들은 것도 어처구니없었다. 당신 형이 오늘 나한테 한 말도 불쾌하기 짝이 없다. 그러니까 내가 애초에 가만히 있으라고 하지 않았냐. 두현은 멍하니 앞을 바라보다가 중얼거렸다.

"나는 아무런 쓸모가 없는 사람인 것 같아. 잘못된 말만 하고 잘못된 행동만 하는 것 같아. 차라리 죽는 게 나을 것 같

아. 정말 이대로 사라지고 싶어."

두현의 눈에서 후드득 눈물이 떨어졌다. 급기야 두현은 머리를 벽에 쿵쿵 받기 시작했다. 나는 다급하게 두현을 감싸 안았다. 두현과 알고 지낸 4년이 넘는 시간 동안, 이런 식으로 스스로를 괴롭히는 모습은 본 적이 없었다. 나는 두현을 달래서 침대에 눕히며 주절거렸다. 탓해서 미안하다. 내가 말을 잘못했다. 자기의 마음을 내가 몰라줬다. 자기가 선의로 행동했다는 것 다 안다. 자기는 얼마나 좋은 사람인지 모른다⋯. 나는 두현의 등을 토닥였다. 두현은 코를 풀면서 울다가 잠이 들었다.

나는 잠든 두현의 곁에서 오늘 하루 있었던 일을 쭉 돌이켜보았다. 이것이 통상적인 상황인가? 가족 호칭을 바꿔보자 했다고 배우자는 벽에 머리를 받고, 배우자의 형은 펄펄 날뛰고, 배우자 형의 아내는 울고불고하고, 나아가서는 그들의 아기까지 잘못될 거라는 암시를 받은 이 상황이? 마치 고딕소설의 한 페이지를 헤매는 기분이었다.

두현이나 두현의 어머니를 통해 듣는 수진은 늘 화를 내거나 울고 있는 사람이었다. 실제 수진을 만났을 때 어땠는가를 떠올려보면, 아무리 생각해도 특별히 격정적인 사람이라는 인상을 받은 적이 없었다. 정말 수진은 이상한 여자이고 재현은 수진에게 휘둘리는 불쌍한 남편일까?

두현과 두현의 어머니는 입을 모아 얘기하곤 했다. 사실 재현은 호칭을 바꾸자는 제안에 그렇게 해도 상관없다고 나올 성격이라고. 하지만 수진 때문에 바꾸지 못하는 거라고. 그렇지만 '박가네' 대화방에 올라온 재현의 말들을 보면 전혀 그렇게 생각할 수 없었다. 이렇게 서로 건너건너 말을 전하는 식의 불투명한 소통 구조 안에서 수진만 혼자 깊은 숲속에 사는 괴물처럼 묘사되고 있었다. 그렇다면 수진의 귀에 내 모습은 또 어떻게 전달되고 있을까? 이제는 두현과 두현의 어머니에게서 들은 모든 말이 의심스러웠다.

나는 두현의 가족들이 호칭 문제에서 성차별이라는 핵심을 피하려고 무의식중에 며느리 둘의 싸움이라는 구도를 연출하는 건 아닌지 생각했다. 성차별에 대해 얘기하는 순간 자신들도 이 구조의 일부라는 것을 인정해야 하니까. 그때는 차별을 용인하고 지속할지, 이를 없애기 위해 노력할지 선택의 기로에 서게 되니까. 하지만 모든 갈등을 나와 수진의 탓으로 돌린다면, 시가 구성원들은 어디까지나 '별난' 두 여자 사이에 끼인 피해자가 될 수 있었다.

무엇보다 수진과 재현이 나와 직접 얘기하려 하지 않는 것이 안타까운 일이었다. 나의 말을 자신들에 대한 '도전'이라고 생각하지 않았다면 이 이야기는 애초에 끝나지 않았을까?

그랬다면 모두가 적어도 지금보다는 훨씬 행복한 밤을 보낼 수 있었을 것이다. 나는 눈물이 말라붙은 두현의 얼굴을 바라봤다.

그 시각 두현의 아버지는 나에게 이메일을 쓰고 있었다. 이제까지 한 번도 쓰지 않았던 '새아가'라는 호칭으로 시작하는 글이 메일함에 도착했다.

새아가, 이번 일로 마음고생이 심하리라 생각되어 내 의견을 표해본다.

민정이가 처음 말을 꺼냈을 때 나는 요즘 젊은 사람들끼리 통하는 별칭이라도 있나보다 했는데, 결국 상대방이 형님 소리 안 하겠다는 이야기로 받아들이게끔 하는 오해를 불러일으켰더구나.

우선 전통적인 호칭이 남녀 차별적이어서 대체로 여자를 하대하는 호칭이라고 하는 데 대하여는 언급하고 싶지 않다.

시가와 처가에서 부르는 호칭은 서로 친인척 관계라는 것을 자연스레 나타내는 표지도 되니, 가족 간의 친밀함을 확인하고, 같은 편이라는 울타리를 나타내는 것으로 보자.

새아가, 그래도 우리 집은 제사같이 시가 식구들을 신경 쓸 일은 거의 없으니, 여성 인권 운동의 대상으로 보지 말고 날 가까이서 도와줄 수 있는 가족으로 바라보길 바란다. 혹시 시집에 불만이 생겨도 힘을 더해주고 공감해줄 사람은 하나뿐인 동서가 아닐까 한다.

그리하여 내 뜻은 이러하다.

첫째, 전통적인 호칭으로 부르되, 대화는 서로 존댓말을 쓰도록 하자.

예: 형님! 잘 지냈어요? 동서! 잘 지냈어요? 아주버님! 안녕하세요? 제수씨! 어서 와요.

둘째, 진작에 이런 관계를 미리 알고 정리해주지 못한 시부모가 우선 잘못이니 용서해라. 또한 오해를 불러일으킴도 문제 발생의 원인이니 새아기의 사과도 필요하리라고 본다.

셋째, 사과의 방법은 잘 숙고한 후 용기 있게 결행하자. 또다시 오해를 일으키지 않도록. 변명의 말이 되지 않도록. 참고로 내가 생각건대 '형님! 죄송해요. 많이 속상하셨죠? 앞으로 잘 지내요'라는 뜻의 메시지나 전화를 하고, 상대방의 반응에 따라 방문 여부는 다음에 생각해보자꾸나.

이번 일이 이렇게 흘러갈 줄은 우리도 예상치 못했구나. 이제는 마무리를 잘해야 하지 않겠니?

시부모가 이렇게 부탁한다. 새아가!

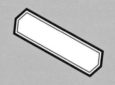

새아가:
며느리는 미숙한 존재이기 때문에
시어른이 가르치고 품어줘야 한다는 정서

어떻게 나를
지킬 수 있을까

두현 아버지의 메일에서 '새아가'라는 낯선 호칭을 보고, 나는 한국 사회가 원하는 며느리상은 무엇인지 생각했다. 두현은 내 부모님에게 '새아기'로 불리지 않는데, 왜 나는 시가에서 '새아기'가 되는 걸까? 이 말에는 며느리는 미숙한 존재이기 때문에 시어른이 가르치고 품어줘야 한다는 정서가 깔려 있었다. 며느리는 아이가 부모를 따르듯 시어른을 따라야 한다는 의미도 엿보였다. 자애로운 시어른과 순종하는 며느리. 이 것은 한국 사회에 강력한 규범으로 존재하는 고부 관계의 모델이었다. 나 역시도 이 규범의 영향에서 자유롭지 못했다.

사과를 할 거라면 빠르게 하는 편이 좋다고 생각했다. 마지못해 사과하는 모양새보다 자진해서 한발 물러서는 태도가 어른스러워 보이지 않겠는가. 누구의 눈에? 두현과 두현 부모님의 눈에. 돌이켜보면 그때까지만 해도 나는 조용했던 집안에 분란을 일으킨 '나쁜 아내'이자 '나쁜 며느리'가 되는 것을 두려워하고 있었다. 그렇게 되는 순간 내 말에 귀를 기울일 사람은 아무도 없을 것 같았다. 내가 규범의 틀에서 벗어나는 순간, 가족 구성원 모두가 동등하게 서로를 존중하며 관계 맺고 싶다는 본래의 뜻은 온데간데없이 사라지고 '나쁜 여자'라는 악명만 남을 것 같았다.

나는 출근길에 수진에게 문자메시지를 보냈다.

"형님… 죄송합니다. 제가 꺼낸 말 때문에 마음이 상하실 거라고 제가 미처 생각 못 했습니다. 어떻게 생각 못 할 수가 있냐고 하시겠지만… 제가 너무 시야가 좁고 제 위주로만 생각했던 것 같습니다. 잔치 자리에서도 무시당했다는 생각에 화가 났었는데, 돌이켜보면 형님 입장에서는 훨씬 더 그랬을 것 같다는 걸 이제 겨우 깨닫네요. 마음 아프셨죠…. 제가 자신만 생각하면서 이렇게까지 서로 감정이 상하도록 만들었네요.

어제 남편에게서 또 어머니에게서 이런저런 이야기를 듣고 비로소 형님의 마음과 입장에서 지금까지 일어난 일들을 생각해보게 됐습니다. 제가 크게 실수했다는 걸 알게 됐어요….

어제 두현이가 올렸던 문자… 너무 기분 상하시지 않았음 해요. 두현이 나름대로는 고민하면서 올린 건데, 사과의 마음보다 우리 입장을 또 강요하는 것 같아서 불편하셨을 것 같아요. 그래도 두현이가 나쁜 마음을 가지고 그런 건 아니에요.

그동안 있었던 일, 오갔던 말들 전부 형님께 죄송하고, 또 유빈이에게도 미안합니다."

수진은 내 문자메시지를 읽고 늘 그랬던 것처럼 아무 대답도 하지 않았다. 하긴, 어차피 답장이 오리라 크게 기대하지도 않은 터였다. 내가 호칭을 바꾸자고 제안한 다음부터 지금까지 수진의 일관된 태도는, 내 말에는 대답하지 않는 것이었다. 내 문자메시지를 보고 놀랐을까? 만족했을까? 아니면 더 화가 났을까? 전혀 짐작할 수 없었다. 내가 수진에게 사과했다고 하자 두현은 놀라워했다.

　　"우리 자기… 자신을 고집하기보다 다른 사람이 중요하게 생각하는 가치를 이해해줬군요. 그 과정엔 나에 대한 사랑도 있었겠죠. 고맙고 미안해요."

　　나는 두현의 부모님에게도 수진에게 사과했다는 이야기를 전했다. 그리고 지금껏 마음고생을 시켜서 죄송하다는 말도 덧붙였다. 두현의 아버지는 나의 빠른 판단과 실행에 고마움을 표한다고 답장했다. 두현의 어머니는 내가 수진에게 보낸 사과의 메시지를 보고 마음이 아팠다고 말했다.

　　"민정아, 고생 많았어. 우리가 더 많은 사랑을 줄게."

　　휴대전화로 하트 이모지가 날아왔다. 이 사랑은 무엇에

대한 대가일까? 며느리로서 사랑받는 것보다 한 개인으로 존중받기를 원했지만, 시가라는 집단의 위계적인 구조 안에서 내 바람은 거의 이루어질 수 없는 꿈에 가까웠다.

내가 수진에게 사과 메시지를 보낸 다음부터 두현의 전화기는 거짓말처럼 잠잠해졌다. 두현은 그간 형과 어머니의 연락 때문에 아무것도 할 수 없었다며, 비로소 자신의 생활을 되찾은 것 같다고 안도의 한숨을 내쉬었다. 나 역시 일상을 팽팽하게 옥죄던 공기가 느슨해진 것을 피부로 느낄 수 있었다. 두현은 호칭 얘기를 꺼내고 처음으로 편안하게 잤다며 개운한 얼굴로 기지개를 켰다.

주말이 됐을 때 두현의 부모님이 손수 만든 반찬을 들고 집으로 찾아왔다. 우리들은 거실에 둘러앉아 차를 마셨다. 두현의 어머니는 말했다.

"재현이가 정말 너를 낮은 위치로 생각하지는 않을 거야. 그저 자기 일상이 시끄러워지는 게 싫었던 거지. 큰애 성격이 그래. 너도 이번 일로 상심이 컸겠지만, 이제 훌훌 털어버리자."

두현은 말했다.

"나도 형이 한 말을 심각하게는 생각 안 해. 형이 무슨 생각이 있어서 그랬겠어? 일이 마음대로 안 되니까 어린애처럼 떼쓴 거지."

그러자 두현의 어머니가 거들었다.

"그래. 원래 기분이 상하면 이 말 저 말 나오는 거야."

나는 물었다. 내가 배우자의 형에게 '낮은 위치'라든가 '괘씸죄' 같은 말을 해도 감싸주는 사람이 있었을지. 만약 그랬다면 어떻게 '제수씨'가 '아주버님'에게 그런 말을 할 수 있냐고, 가족 안팎에서 모두가 입을 모아 나를 비난하지 않았을지. 잠깐 정적이 흘렀다. 호칭에 대한 얘기와는 별개로 재현의 폭언에 대해 사과받고 싶다고 얘기하자, 두현의 아버지는 말했다.

"원래 남자들은 여자처럼 시시콜콜한 걸 신경 못 써. 내가 여자를 무시하려고 하는 말이 아니라, 네 말이 이랬니 저랬니 따져봤자 기억도 못 할 거라는 얘기야."

두현의 아버지는 무슨 얘기든 내가 옳고 네가 틀렸다고

생각하면 끝이 없다고 했다. 사과를 받으려고 하면 또 네가 잘했니, 잘못했니 얘기가 나올 텐데, 그런 실랑이로 마음 써봤자 너만 손해라는 것이었다. 또한 가족 호칭이 차별적이라는 것도 민정이만의 생각이라면서, 싫다는 사람에게 그 생각을 강요하면 싸움이 된다고 했다. 나는 그 말을 듣고 당황했다. 싫다는 호칭으로 굳이 나를 부르는 것은 두현의 형 부부가 아닌가? 호칭이 불편하니까 바꿔보자는 제안은 강요고, 두현의 형 부부가 말하는 윗사람과 아랫사람이라는 위계는 순리인가? 나는 두현의 형 부부에게 강요한 적은 없다고 말했다. 두현의 어머니는 그들의 생각은 다르다고 대답했다.

"수진이는 두현이를 도련님이라고 부르는 게 좋대. 호칭을 바꿀 수 있다고는 생각도 안 해봤대. 다들 잘 살고 있는데 동서 혼자 왜 저러냐고 하더라."

두현의 아버지도 거들었다.

"원래 키 큰 사람은 키 작은 사람 심정을 이해 못 해. 그러니 계속 알아달라고 이야기해봤자 힘만 들지."

이 자리에 모인 세 사람의 얼굴이 낯설게 보였다. 두현의 부모님은 자리에서 일어나며 당분간 조용히 살자고 당부했다. 두현은 아무 일도 없는 하루하루가 얼마나 소중한지 깨달았다며 고개를 끄덕였다. 가정의 평화란 이런 것일까? 한 사람의 입을 닫게 하고, 나머지 사람들은 안온한 일상을 유지하는 것. 나는 내가 사랑한다고 생각했던 사람들이 나와 얼마나 다른 자리에 서 있는지 깨달았다. 그들은 이제 모든 일이 다 끝났고, 남은 과정은 내가 '훌훌 털어버리는 것'뿐이라고 믿는 것 같았다.

이 이야기를 어떻게 더 이어갈 수 있을까? 나는 고민에 빠졌다. 호칭을 둘러싸고 벌어진 사건이 여기서 끝난다면, 나에게는 아픈 기억만 하나 늘어날 뿐일 터였다. 나는 결혼 전에 내가 어떤 가족을 만들고 싶었는지 떠올렸다.

내가 자라왔던 가정의 아버지는 가부장적이고 폭력적인 사람이었다. 밤늦게 집으로 돌아올 때면 아이들이 자기 앞으로 달려와서 90도로 허리 굽혀 인사하기를 바랐던 사람. 그 바람이 채워지지 않을 땐 집 안의 물건을 박살 내며 온 가족을 깨웠던 사람. '어디서 아버지한테 말대꾸냐'고 버럭 소리를 지르던 사람.

나는 두현과 두현의 부모님이 편안하고 즐겁게 이야기를 나누는 모습을 보며 그 자리에 나도 섞여들기를 꿈꿨다. 이들과 함께라면 다른 가족을 만들 수 있을 거라고 믿었다. 서로 자유롭게 대화하는 가족. 그것이 내가 생각하는 사랑의 모습이었다.

지금 수진과 재현은 서열이라는 관습을 내세워 대화를 불가능하게 만들고 있었다. 그 안에서 무언가를 제안하거나 의견을 말하는 행위는 언제나 '위에서 아래'라는 방향으로만 가능했다. 내 제안이 타당하건 그렇지 않건, 결국 내가 수진에게 사과하게 만드는 것. 이것이 한국 가족 안에서 작동하는 서열이라는 구조의 힘이다.

호칭을 바꾸자는 제안에 재현과 수진이 이토록 격분한 이유는, 이 호칭이 가족 안에서 서로의 위치를 확인하는 장치이기 때문이다. 우리는 윗사람과 아랫사람이 구분된 호칭으로 서로를 부르면서 위계에 대한 인식을 형성하고, 그 인식은 곧 가족의 서열 구조를 지탱하는 뼈대가 된다. 이 수직적인 구조 안에서 내 말은 얼마든지 무시될 수 있는 것이었으며, 나아가서는 '도전'으로까지 여겨졌다. 심지어 재현과 수진은 나와 이야기를 하면서도 그것을 '대화'가 아니라, 자신들이 '말을 붙여주는' 시혜적인 행위로 인식했다. 두현의 부모님은 이런 인식을 서로 생각이 다를 뿐인 문제로 받아들이며 위계라는 관습이 가족 안에 들어오는 것을 인정했다. 두현 역시 형의 말을 심각하게 생각할 필요 없다고 넘기며 내가 '아랫사람'이 되는 것에 슬그머니 힘을 보탰다.

어떻게 해야 이 상황에서 나를 지킬 수 있을까? 호칭을 둘러싸고 벌어진 이 싸움을 아픈 기억으로 남기고 싶지는 않았다. 그렇다고 재현이나 수진에게 전화해서 사과하라고 닦달하거나 또다시 호칭 얘기를 꺼내 모두를 피곤하게 만들기도 싫었다. 있을 법한 일은 아니지만, 혹여 두 사람이 내 앞에서 무릎을 꿇는다 해도, 모욕을 모욕으로 갚은 것 이상의 의미는 없을 듯했다. 나는 이 사건을 유쾌한 기억으로 만들고 싶었다. 복수가 아니라 승리를 원했다. 수진과 재현이 기대고 있는 것이 사회의 관습이라면, 그 관습 자체를 바꿔버려야겠다는 생각이 들었다.

나는 판촉물을 제작하는 사이트에서 머그컵 100개를 주문했다. 컵 겉면에는 '박가네' 방에서 재현이 했던 말을 편집해 넣었다.

'일상에서 시시콜콜 따지는 게 무슨 소용이야?'
'그건 너의 자격지심 아니야?'

그리고 아래쪽에 'Men Talk'라는 글자를 더했다. 주문은 빠르게 처리됐고, 금세 한 무더기의 컵이 집에 도착했다. 이 컵을 들고 나가서 100명의 사람을 만나보자. 이 이야기를 가족이라는 담장 밖으로 한번 꺼내보자. 나는 알고 싶었다. 사회 어딘가에서 나와 똑같은 고민을 하는 사람이 있는지. 그 사람도 가족 호칭을 부를 때 다른 사람의 손가락이 자신의 혀를 움직이는 것 같다는 생각을 하는지. 애써 호칭을 피할 때면 커다란 손이 입을 막는 것 같다고 느끼는지. 친가는 아버지 쪽 집안이고 외가는 어머니 쪽 집안이라는 국어사전의 정의를 보면 불평등함에 화가 나 견딜 수 없는지. 사람들이 당연하다는 듯 아기에게 아버지의 성만 붙이는 모습을 보면 가슴이 메어오는지.

나는 내 사연을 적어 프린터로 출력했다. 이 이야기를 한 장의 편지로 만들어서 컵을 포장한 상자에 넣을 생각이었다. 나의 컵이 바다에 띄운 유리병처럼 세상으로 떠내려가 주기를 바랐다. 시간은 걸릴지 몰라도 언젠가는 꼭 필요했던 누군가에게 나의 이야기가 가닿을 것이라고 믿었다. 자신의 예민함을 자책하는 사람, 나 혼자만 입 다물면 모두가 평화롭다는 생각으로 침묵하는 그런 한 사람에게.

한편으로는 컵에 무언가를 새기는 것은 돌에 새기는 것과 비슷하다는 생각도 들었다. 깨지긴 해도 잘 썩지 않는 물건이니까, 아주 오랜 시간이 지난 후에 누군가 이 컵을 발견하고 한국에서 한 여자가 겪은 일을 알게 될지도 몰랐다. 기록으로 남기지 않는다면 누가 알겠는가. 2018년에 한국 사회의 한 가족 안에서 벌어진 이 작은 사건을.

오랜 세월이 흘러, 한국의 호칭 문화를 조사하던 한 여자가 우연히 내 머그컵을 발견하는 장면이 머릿속에 떠올랐다. 그 여자는 학생이거나 언어학자, 인류학자일지도 모른다. 그 때도 결혼 제도가 있을까. 여전히 한국에선 남편의 형제자매를 '도련님'과 '아가씨'라고 부를까. 부계가족에서는 '큰아버지'와 '큰어머니'이고, 모계가족에서는 '외삼촌'과 '외숙모'일까. 결혼한 사람들은 배우자의 서열에 따라 '형님'과 '동서'로 나누어질까. 이 머그컵을 발견한 여자가 내 사연을 성실하게 추적해주리라 생각했다. 그 모습을 상상하면 외롭지 않았다. 그는 나의 이야기를 보고 어떤 반응을 보일까. 나도 똑같은 일을 겪었다며 고개를 끄덕일지 모른다. 아니면 이런 차별적인 문화가 있었다는 것에 놀라고 탄식할지도 모른다. 나는 편지를 접어 상자에 넣으며, 그 여자가 사는 세상의 모습을 상상했다. 그 세상은 지금과는 다른 모습이기를, 나는 간절히 바랐다.

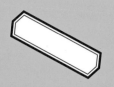

부모님 상투 잡고 흔드는 /
나이가 같아서 존댓말도 써줬는데 /
말도 붙여줬는데 / 일도 안 시켰는데

당신은 너무
예민한 것이 아닙니다

다음은 내가 머그컵과 함께 보낸 편지의 내용이다.

안녕하세요. 저는 1년 전에 한국 가정의 둘째 아들과 결혼한 사람입니다. 한국 사회에서 결혼을 둘러싸고 벌어지는 이상한 일들이 많고 많지만, 저에게 무엇보다 부자연스럽게 다가왔던 것은 시가에서 쓰이는 호칭이었습니다.

어느 날 시가에서 아버님, 어머님, 아주버님, 형님과 함께 식사를 하다가 문득 생각했습니다. 나는 여기에 모인 모든 사람에게 '님'자를 붙여서 부르는데, 이들 중 나에게 '님'이라고 부르는 사람은 아무도 없네.

남자들은 결혼한 여자의 형제자매를 처형·처남·처제라고 부르는데, 여자들은 왜 아주버님·도련님·아가씨라는 호칭을 쓰지?

왜 형, 동생과 결혼했다는 이유만으로 여자들 사이에서도 형님과 동서라는 위계가 생길까?

왜 아이가 태어나면 당연하다는 듯 남자 성을 따를까?

왜 부계 쪽은 '친가'라고 부르고, 모계 쪽은 '외가'라고 부를까? 다 같은 할아버지·할머니인데, 왜 한쪽은 '외할아버지·외할머니'

가 되는 걸까? 부계 쪽 어른들은 '큰아버지 · 큰어머니'라면서, 모계 쪽 어른들은 '외삼촌 · 외숙모'라고 부르는 이유는 무엇일까?

그래서 저는 가족 단체 대화방을 만들어서 이런 고민들을 이야기하며 제안했습니다.

"우리 모두 아주버님, 형님, 도련님 대신 이름 뒤에 '님'을 붙이는 것으로 호칭을 바꿔보면 어떨까요?"

이후 돌아온 반응은 크게 두 가지였습니다.

처음은 '형님'의 침묵이었습니다. '말 섞으면 길어지니까 더 얘기하지 않겠다, 아무 일 없었던 것처럼 지나가겠다'라는 형님의 말이 여러 사람을 건너서 저에게 전해졌습니다.

두 번째는 '아주버님'의 비난이었습니다. 아주버님은 저를 가리켜 '원래 낮은 위치'라며 단체 대화방에 여러 가지 말을 쏟아냈습니다.

"어떻게 그런 말을 아랫사람이 윗사람에게", "괘씸죄", "부모님 상투 잡고 흔드는", "나이가 같아서 존댓말도 써줬는데", "말도 붙여줬는데", "일도 안 시켰는데", "호칭을 바꿀 대의명분이 없다", "형님에 대한 도전", "우리를 우습게 봤구나", "우리 가족 다 불쌍해졌어", "우리 집안은 여자들이 더 존중받는데"… 기타 등등.

'아주버님'의 말 중에 다른 것은 넘어갈 수 있었는데, "그렇게 소소한 일상에서 따지는 게 무슨 소용이야?", "자격지심 아니야?" 같은 말들은 좀 아팠습니다. 아마 그런 말이 제 안에서도 수없이 되풀이되었기 때문이겠죠. 살면서 불쾌하고 싫은 일을 맞닥뜨릴 때마다 내가 너무 예민한 건지, 내 자격지심이나 피해 의식인지, 내가 지나치게 따지는 건지, 누구보다 자신에게 먼저 물었습니다. 그런 자기 검열 때문에 입을 다물고 있었던 많은 순간들이 떠올라서 마음이 아팠어요. 이제 저는 그 침묵이 결국 누구에게 이득이 되는 일이었는지 생각합니다.

그래서 '아주버님'의 말을 인쇄한 머그컵을 100개 만들었습니다. 이 머그컵을 사람들에게 선물하면서 제 이야기를 전하고 싶어요. 조금 엉뚱한 방법 같지만, 이 과정을 통해 저에게 이번 일이 상처로 남지 않고 유쾌한 경험으로 바뀌었으면 해요. 또 어딘가에서 저와 같은 고민을 하는 사람이 있다면, 제가 세상 한구석에서 응원하고 있다고 말하고 싶습니다.

부르기 싫은 호칭을 입에 담으며, 먹기 싫은 음식을 먹는 것 같다고 느낀 적 있나요? 부르기 싫은 호칭을 피하면서, 누군가 입을 막는 것 같다고 느낀 적 있나요?

당신은 너무 예민한 것이 아닙니다.

당신이 원하는 것은 정당한 권리입니다.

2018. 2. 18.

– 여섯 살짜리한테 '도련님'이라고 안 했다고 혼났습니다. 아무 생각 없이 '○○야, 누나가 맛있는 거 사줄까?' 하면서 놀고 있는데 갑자기 시고모가 버럭 하네요. 조선 시대였으면 니가 도련님들 다 업어 키워야 했다고 말씀하는데 어찌나 얄밉던지…. 호칭 문제가 나와서 말인데 시댁 쪽 사람들한테는 '도련님', '아가씨' 이렇게 불러야 하는데 왜 남자는 처가 쪽 사람들을 '처제, 처남' 이렇게 부르나요? (…) 격한 마음으로 쓴 글이라 남성 우월주의라고 했던 부분은 지우겠습니다. 많은 위로와 따끔한 충고 감사합니다.

(네이트판, 2011)

– 저는 오빠의 아내, 그러니까 새언니가 세 명인 사람입니다. 그러나 단 한 번도, 당사자에게도 다른 곳에서도, 새언니 외에 '올케'라고는 불러본 적이 없어요. 어감도 정말 뭣한 것이 수캐, 암캐와 비슷한 발음부터 소름이 쫙~ 오라비 겨집(계집) → 올계 → 올케로 만들어진 말이니 예쁠 리가 없죠.

(82쿡, 2012)

– 지인이 다섯 살 어린 친한 동생을 시숙에게 소개해서 결혼시켰더니 결혼식 마치고 나오면서 바로 '자네~ 그거 이리 가져오게' 하면서 윗사람 행세를 하더랍니다. 한국인에게 서열은 존재의 이유이며 목숨과도 바꿀 수 없는 명예입니다. 쌍둥이끼리도 몇 분 차이

로 형과 동생이 나눠지는 마당이니….

(82쿡, 2014)

- '시댁' 말고 '시가'나 '시집'이라고 칭하면 어떨까요? 언어가
사고를 지배하는 부분도 있잖아요. 얼마 전 친구를 만났는데 시가
에서 띠동갑만큼 어린 사촌 시누이에게도 극존칭을 쓰며 통화를 하
더라고요. 그 친구가 최근에 딸을 낳았는데 '난 그냥 이렇게 할 거
야. 하지만 우리 ○○이 결혼할 땐 세상이 많이 바뀌겠지?'라고 하더
라고요. 하지만 아무것도 안 하는데 저절로 바뀌진 않을 것 같아요.
젊은 우리가 조금씩 노력해야 하지 않을까요?

(네이버 카페, 2016)

- 시누이를 '아가씨'라고 부르는 것 말고 다른 호칭은 없을까
요? 어릴 때부터 어머니가 시집살이하면서 '도련님, 아가씨' 하시는
것 보고 문제라고 생각해왔어요. 제가 결혼할 때쯤에는 호칭 바꾸
기 운동이라도 생길 줄 알았는데 아무 일도 없네요. 남편 가족들한
테 '아가씨, 도련님, 서방님' 하면서 종년같이 부를 생각하니 진짜
싫네요…. 그렇다고 이름 부르거나 하면 어른들 눈에 못 배운 사람
처럼 보일 것 같아요. 솔직히 며느리가 들어와서 호칭 제대로 안 쓰
면 좋게는 안 보이겠죠? 다들 그렇게 부르고 사는데 저만 유난인 것
같기도 하지만 잘못된 건 고쳐야 한다고 생각하는데, 아무도 안 그

러는 마당에 저 혼자 투쟁할 수도 없는 노릇이고… 답답하네요.

(네이트판, 2017)

　─ 이번에 결혼을 앞둔 예비 신부입니다. 예비 신랑에게 형과 형수님이 있는데, 형수님이 저와 동갑입니다. 굳이 생일까지 따지자면 제가 더 빠르고요. 시집가면 제가 이분들을 '형님'과 '아주버님'이라고 부를 텐데 저는 '동서', '제수씨'라고 불리잖아요. 저는 '님'자 붙이면서 존중하며 부르는데, 동서나 제수씨는 좀 낮게 부르는 호칭 같아요. (…) 호칭이 그런 걸 어쩌느냐, 결혼을 말든가 많이들 그러시는데 '아가씨'나 '도련님'은 기분 나빠하면서 '동서'는 왜 기분 안 나쁘신지 이해가 안 갑니다. 저도 형님이라고 '님'자를 붙여서 존칭으로 부르는데, 동서도 다르게 불러줄 수 있는 문제라고 생각합니다. 서로 존중하자는 건데 잘못된 건가요?

(네이트판, 2017)

　─ 시집가서 '아가씨'란 호칭 부르기가 싫어요. 남편 사촌 여동생들은 무지 착하고 예의 바르고 해요. 그냥 전 그 호칭이 싫을 뿐이에요. 그래서 남편한테 '아가씨'란 말을 하기 싫다 했더니 이해를 못 하더라고요. 그냥 호칭일 뿐인데 왜 이렇게 까다롭냐고요. 이 굴욕감을 아예 모르는 거죠, 남자들은….

(82쿡, 2018)

142

– 아이들한테 '큰아버지, 작은아버지'라고 부르라는 강요도 만만찮죠. 결혼 안 한 남편 형한테 제 아이가 '큰아빠'라고 부르는데 어떨 때는 소름이 돋습니다. 아니, 남편 형이랑 내가 무슨 사이라고…?

(다음 뉴스 댓글, 2018)

– 6년 사귀다가 결혼해서 서로의 가족들도 6년 동안 만났어요. 그동안 남편 동생하고 '야, 너' 하면서 편하게 놀았는데, 결혼하고 '누구야' 불렀다가 시댁에서 '내가 너 벼르고 있다'는 소리를 들었네요. 이제 시동생은 아예 부르지도 않고 톡톡 건드리고 말합니다. 과연 누구를 위한 호칭인지 모르겠습니다. 원래 좋았던 사이였는데 쉽게 다가가지 못하게 되었으니 서로 어색하게 대하고 있습니다. 막 아무 때나 전화해서 친동생처럼 '야! 나와! 맛있는 거 먹으러 가자' 했는데 이제는 못하게 된 점이 아쉽네요.

(국민생각함, 2019)

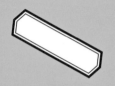

타인이 내게 하는 말과 행동이
싫고 불편하다고 표현하는 것만으로는
충분하지 않다고 모두가 입을 모아 말해
그래서 나는 내 기분과 느낌,
내 아픔의 정당성까지 입증해야 해

바로 그게
내가 사는 세상이야

머그컵을 들고 처음 만난 사람들은 독서 모임 회원들이었다. 처음 컵을 만들었다는 소식을 대화방에 올렸을 때 독서 모임 회원들은 느낌표를 여러 개 띄웠다. 한 회원은 싸움의 방식이 기발하다며 환호했고, 또 다른 회원은 나쁜 말을 유쾌하게 바꿔내는 멋진 프로젝트라며 파이팅을 외쳤다. 한 회원은 컵 겉면에 찍힌 말이 꼭 자신이 옛날에 하고 다녔던 얘기 같아 부끄럽다며 멋쩍게 웃었다.

우선 사람들이 '재미있다'고 받아들이니 마음이 놓였다. 가족 간의 이야기를 마구 떠벌린다고 좋지 않은 시선으로 보거나, 컵을 만든다는 행동을 이상하게 생각할까 봐 걱정하던 터였다. 독서 모임의 대화방에 호칭 사건의 경과를 올리면서도 종종 스스로를 의심했다. 가족의 호칭을 바꾸자는 게 혹시 터무니없는 요구일까? 나는 예의를 모르는 사람일까? 사회성이 떨어지는 사람일까? '더 좋게' 말했다면 결과가 다르지 않았을까?

컵을 들고 나가 독서 모임 회원들과 이야기하고 있자니 힘이 났다. 그들 중 누구도 나를 가리켜 지나치게 예민하다거나 피해 의식이 있다고 비난하지 않았다. 가족 호칭이 여성 차별적이라는 얘기도 구태여 설명할 필요 없이 상식처럼 통했다. 가족이라는 틀 안에 갇혀 있던 이야기가 밖으로 흘러나가자 해방감이 느껴졌다. 가족 안에서는 '아무것도 아닌 일'로 치부된 경험이 사회로 나가 비로소 의미를 부여받는 것 같았다. 나는 내 슬픔이나 아픔이 결코 사소한 일이 아니라는 것을 증명하고 싶었다. 독서 모임의 한 회원은 머그컵을 받고 눈을 깜박이며 물었다.

"정말 막내아들과 결혼하면 그 가족 중 내게 '님'을 붙여 부르는 사람이 아무도 없나요?"

그렇다고 대답하자, 그는 가볍게 숨을 들이마셨다. 그 짧은 숨소리가 내 가슴을 아리게 했다.

두현은 컵을 들고 사람들에게 이야기를 전하러 다니는 나에게 어떤 태도를 보여야 할지 오락가락하는 것 같았다. '박가네' 대화방 사건 이후로 두현과 나는 계속 다투곤 했다. 나는 두현에게 어째서 재현의 말을 듣고만 있었냐며 화를 냈고, 두현은 내가 이 정도로 화를 내는 것이 이해가 안 간다고 대답했다. 재현의 말에 기분이 좋지는 않겠지만, 그것은 어디까지나 어리석고 우스꽝스러운 말이니 '모욕'으로 받아들일 이유가 없다고 두현은 되풀이했다. 싸움이 반복되던 나날에 나는 두현에게 긴 문자메시지를 보냈다.

"내가 자기 형의 말을 웃어넘기지 못하는 이유는, 그 어리석은 말들이 실제로 힘을 가지고 있기 때문이야. 지금까지 일이 흘러온 상황만 봐도 알 수 있잖아? 내가 얼마나 싫고 불편하든, 자기 부모님을 포함해서 모두가 내놓은 답은 '상대에게 사과하고 기존의 호칭대로 돌아가기'잖아. 그리고 이제는 다들 내가 얼른 이번 일을 잊어버리고 잠잠해지길 바라잖아. 당신 부모님마저도…. 물론 두 분 입장에서는 그럴 수밖에 없다는 걸 이해하니까 나도 아무 말 안 하는 거야. 그걸 이해하는 과정에서도 나는 그동안 당신 부모님에게 품었던 애정만큼이나 마음이 아팠어.

나는 정말 외로운 싸움을 하고 있어. 타인이 내게 하는 말과 행동이 단지 싫고 불편하다고 표현하는 것만으로는 충분하지 않다고 모두가 입을 모아 말해. 그래서 나는 내 기분과 느낌, 내 아픔의 정당성까지 입증해야 해. 당신마저 그것을 요구한다고 느낄 때면 고통스러워…. 그에 비해 자기 형은 어때? 호칭은 전통인데 뭐가 문제냐. 아랫사람을 아랫사람이라고 하는데 뭐가 문제냐. 그렇게 말하고 그만이잖아. 자기 형 얘기가 사회 주류의 가치관이니까. 자기 형의 말이 옳다고 박수쳐줄 사람은 많을 거야.

어머니와 아버지, 당신까지 모두 아무리 나를 사랑한다고 말하고 실제로 그렇다 하더라도, 내가 당신 형에게 폭언을 듣거나 '아랫사람'으로 취급되는 상황을 묵인하고 있는 건 사실이잖아. 각자의 이유는 이해해…. 다들 '나는 그냥 보고 있을 수밖에 없다'는 거지. 나는 여기에 혼자 있어. 형의 말이 아무렇지도 않으며 모욕이라는 느낌도 들지 않는다고 굳이 나에게 설명할 필요는 없어."

두현은 결코 내 감정을 가볍게 생각한 것이 아니라고, 내가 형의 말을 심각하게 받아들이면 다시 싸움이 시작될 것 같아서 위로하려 한 말이라고 변명했다. 이번 일에 대한 이야기가 계속 나오면 형 부부는 이혼하게 될지도 모른다고, 자신도 이러지도 저러지도 못하겠다며 울상을 지었다.

컵을 받은 독서 모임 회원들의 반응을 전하자 두현은 걱정에 빠졌다. 가족의 일이 이렇게 밖으로 알려져도 괜찮을까? 형이 낯모르는 사람들에게 너무 욕을 먹는 건 아닐까? 하지만 자신이 생각해도 가족 호칭이 여성 차별적인데, 배우자가 사회에 목소리를 내는 것을 막을 권리가 있을까? 나는 갈팡질팡하는 두현에게, 당신도 내 싸움에 동참해야 한다고 말했다. 당신이 내가 있는 자리로 움직이지 않는다면 우리는 결코 서로를 이해할 수 없다고. 두현은 복잡한 마음으로 내가 건넨 컵을 받아 들었다.

나는 부지런히 사람들을 만나러 다녔다. 결혼한 한 여자 친구는 내 컵을 받고 털어놓았다. 시가에서 이런저런 싫은 일이 있어도 그에 대해 말할 수 있다는 생각을 안 해봤다. 말해봤자 고쳐질 리도 없고 괜히 시끄러워지기만 할 거라고 생각했다. 네 이야기를 들으니 나도 조금은 말을 해볼 수 있겠다는 용기가 생긴다. 한 남자 친구는 자신의 두 여동생도 결혼했지만 그동안은 가족 호칭의 문제점에 대해 생각해보지 못했다며, 알려줘서 고맙다고 말했다. 각별히 기뻤던 것은 딸을 키우는 어머니들이 반겨줄 때였다. 나와 가깝게 지내던 한 언니는 대학생 딸과 같이 내 사연을 읽었다며, 둘이 함께 나를 응원한다고 전했다. 20대인 두 딸과 함께 사는 선생님은 이야기를 듣고 내 어깨를 두드렸다.

"우리 세대에서 못 바꿨던 걸 이제 네가 바꾸기 위해 싸우고 있구나."

가끔 내 편지를 읽고, 배우자의 형에게 너무 화가 난다고 욕을 하는 사람도 있었다. 그런 반응을 접하면서, 나는 지금껏 내가 스스로의 감정을 얼마나 믿지 못했는지 비로소 깨달

앉다. 재현의 말을 들으며 머리끝까지 화가 났음에도 이렇게 화가 나는 것이 적절한 감정인지 끊임없이 자신에게 되묻었던 것이다. 내가 기분이 나쁘다고 말해도 되는 상황일까? 이 정도 수위로 불쾌함을 느끼는 것이 타당한가? 아마 이런 만남이 없었다면 나는 나의 분노가 정당하다는 생각조차 지킬 수 없었을지 모른다. 나에게는 사람들을 만나서 컵을 나눠주는 일이나 자신의 감정에 대한 신뢰를 회복하는 과정이기도 했다.

두현의 직장 동료들은 컵을 받고 눈이 휘둥그레졌다. 이게 무슨 일이냐며 깜짝 놀라는 사람도 있었고, 아이디어가 신선하다며 폭소를 터뜨리는 사람도 있었다. 한 사람은 자신의 친구도 결혼하고 호칭 때문에 똑같이 고민했다며, 그에게 이 컵을 전해주고 싶다고 말했다. 한 사람은 내가 얼마나 힘들지 짐작이 간다며 길게 한숨을 내쉬었다. 또 다른 사람은 얼마 전에 지인과 사회적 이슈로 논쟁을 벌이다가 '네가 그런다고 세상이 바뀔 줄 아냐'는 말을 듣고 너무 화가 났었다는 이야기를 꺼냈다. 자신도 이런 컵을 만들고 싶은 심정이라는 것이다.

두현은 집으로 돌아와서 말했다. 컵을 나눠주고 보니 이것이 괜찮은 싸움의 방식이라는 생각이 든다. 어떤 반응이 나올지 몰라서 긴장했는데 생각보다 호응을 많이 받아서 뿌듯하다. 두현에게서 이런 이야기를 듣자 기분이 좋았다. 사람들이 저마다 자신의 경험을 이야기하면서 가족 호칭의 문제점에 대해 잠깐이라도 생각하게 된 것 같아 기뻤다.

물론 내 이야기에 공감하는 사람만 있지는 않았다. 두현이 만난 한 사람은 가족 호칭에 문제가 있다면서도, 솔직히 자신의 동생과 결혼할 사람이 나 같은 요구를 하면 당황스러울 것 같다며 난처한 웃음을 지었다. 또 다른 사람도 자신의 '올케'나 '동서'가 서로 '○○ 님'이라고 부르자고 한다면 화가 날 것 같다고 말했다. 그러면서 이렇게 덧붙였다.

"사회에서 만났으면 몰라도…."

이런 말을 들을 때마다 나는 새삼 놀라움을 느꼈다. 왜 사회에서 만나면 아무 문제가 되지 않을 호칭이 가족 간에는 무례하게 느껴지는 걸까? 왜 우리는 '가족'이 되는 순간 윗사람과 아랫사람이 아닌 평등한 관계로 만나지 못하는 걸까?

두현은 몇몇 친구들과 만난 자리에서 호칭 싸움에 대한 이야기를 꺼냈다가 전혀 이해할 수 없다는 반응과 맞닥뜨렸다. 한 남자는 휴대전화로 사전을 검색해서 들이밀었다. '제수씨'도 대접하는 말이라 하고, '아주버님'도 높여 부르는 말이라는데 뭐가 차별이냐. 처형과 처남, 아주버님과 도련님 사이의 차이? 뭘 그렇게 피곤하게 따지냐.

또 다른 남자는 두현에게 넌지시 조언했다. 사람 사이의 호칭은 민감한 문제인데 '제수씨'가 큰 실수한 거다. 그것도 문자로 얘기했다고? 세상에.

다른 남자도 거들었다. 다르게 부르려고 해도 부를 말이 없잖아. 이름에 '씨'나 '님'을 붙여서 부르자고? 에이, 그건 친밀하지가 않지. 너무 정이 없는 호칭이야.

남자들은 두현에게 물었다.

"그렇다면 네 와이프는 뭘 원하는 거야? '제수님'이나 '민정님'이라고 불리고 싶은 거야?"

집으로 돌아온 두현은 나에게 말했다. 이상하게도 그 자리에서 '그렇다'라고 대답할 수가 없었다고. 그 말을 하는 순간, 친구들이 나를 비상식적이거나 무례한 사람으로 생각할까 봐 걱정이 됐다고. 두현은 혼란스러운 표정으로 말했다.

"당신은 가족들을 모두 '님'이라고 부르는데, 어째서 당신이 '님'이라고 불리고 싶다는 건 무례한 일이 되는 걸까?"

한번은 두현이 연극계의 동료들이 모이는 자리에 갔다. 대부분 대학 선후배 등의 인연으로 얽혀 있는 사람들의 친목 모임이었다. 술자리가 벌어지던 중에 한 사람이 이윤택 연출가의 성폭력 사건을 화제로 꺼냈다. 한창 그에 대한 이야기가 뉴스에 오르내리던 시기였다.

2018년 초, '연희단거리패'라는 단체의 여러 단원이 이윤택 연출가에게 성추행과 성폭행을 당했다고 폭로했다. 피해자들의 증언에 따르면 이윤택의 성폭력은 단원들의 암묵적인 방조하에 오랜 기간 벌어진 일이었다. 한 여자는 언론에 밝혔다. 이윤택이 자신의 몸을 여자 단원들에게 주무르게 하는 것은 공공연한 일이었지만, 단체 내에서 단 한 사람도 그것을 대놓고 지적하지 못했다고. 또 다른 여자도 증언했다. 이윤택이 자신의 옷을 강제로 벗기는데 남자 선배들은 옆에서 지켜보기만 했다고. 단원들은 이윤택이 극단 안에서는 왕과 다름없었다고 입을 모아 말했다.

두현의 연극계 동료들은 술잔을 기울이며 수군거렸다. 과연 이윤택만의 일일까? 지금 제 발 저린 사람들이 얼마나 많을까? 한 사람이 말했다. 이번 일은 이대로 넘어가면 안 된다. 나도 이 판에 몸담는 동안 보고 들은 일이 많다. 연극계 전체를 뒤집고 이런 문화를 뿌리 뽑아야 한다. 자리에 앉아 있던 이들이 고개를 끄덕였다. 두현도 맞는 말이라고 거들면서 내 이야기를 꺼냈다. 내 배우자도 미투 운동에 관심이 많고, 여성 단체에서 회원으로도 활동하고 있다고. 나도 여성 인권에 대해 별다른 문제의식 없이 살았는데 요새 페미니즘을 접하면서 눈을 뜨고 있다고. 나와 내 배우자는 얼마 전부터 가족 호칭을 바꾸고, 수평적인 가정 문화를 만들기 위해 싸우고 있다고. 연극계 문화를 바꿔야 한다고 말했던 사람은 두현의 말을 듣고 정색했다.

"윗사람과 아랫사람이 없다고? 그건 너무 나간 얘기지."

그 사람은 만일 자기 남동생의 아내가 서로 'OO 님'이라고 부르자고 한다면 도저히 받아들일 수 없을 것 같다고 말했다. 그리고 가족 안에서의 위계와 사회적인 관계는 다른 것이라고 덧붙였다. 두현이 어떤 관계든 평등한 것이 좋지 않냐고 되묻자, 자리에 있던 동료들은 어처구니없다는 반응을 보였다. 사람 사이에는 위와 아래가 있는 거지. 부모와 자식이 있는 거고. 선생과 제자가 있는 거고. 선배와 후배가 있는 거고. 동료들의 이야기를 듣고 두현은 입을 다물었다.

연극계에서 반복되는 성폭력의 이면에 공고한 위계질서가 있다는 사실을 그들은 보려 하지 않았다. 그들 자신이 이미 연극계에서 연차를 쌓아온 '선배'이자 '선생님'이기 때문인지도 몰랐다.

사람들은 흔히 가족 관계와 사회적 관계는 다르다고 말하지만, 그 관계 맺음의 방식을 들여다보면 큰 차이가 없다. 많은 사람이 '가족'을 동등한 권리를 가진 개인들로 이루어진 집단이 아닌, 상하 관계로 인식한다. 이때 가족이라는 집단의 구조는 대장 밑에 부하들이 층층이 이어지는 군대의 계급 구조나, 임금 밑에 신하들이 도열해 있는 조선 시대의 정치 구조와 다르지 않다. 목적이 다른 집단이 서로를 모방하는 것은 당연하다. 집단의 구성원인 개인들이 이 수직적인 질서를 체화했기 때문이다. 상대보다 내가 더 많은 권리를 지녔다는 생각. 따라서 나는 상대방에게 예우를 받아야 하며, 상대방은 나에게 복종해야 한다는 생각. 이것이 당연하다는 생각. 이런 가치관을 가진 사람이 많아질수록 폭력은 사회의 자연스러운 질서가 된다.

호칭 문제로 사람들과 언쟁을 벌이는 일이 잦아지면서, 두현은 이전과는 세상이 조금 다르게 보인다고 털어놓았다. 답답하고, 말이 안 통하는 사람들이 너무 많고, 자신만 동떨어져 있는 것 같고…. 두현의 이야기를 듣고 나는 말했다.

"바로 그게 내가 사는 세상이야."

사실 이전과 세상이 조금 다르게 보이는 것은 두현만이 아니었다. 나는 회사 업무 때문에 여러 학년의 교과서를 참고할 일이 많았는데, 전에는 무심코 넘어갔던 부분들을 더는 편안한 마음으로 볼 수 없었다. 초등학교 1학년 교과서를 펼치면 〈우리는 가족입니다〉라는 단원이 나온다. 제목 밑에는 결혼식, 명절, 가족 소풍 사진이 실려 있고, 곧바로 호칭 이야기가 이어진다.

친척을 부르는 말을 알아봅시다.
아버지의 아버지는? 할아버지.
어머니의 아버지는? 외할아버지.
아버지의 형은? 큰아버지.
어머니의 오빠는? 외삼촌.

뒤쪽으로 가면 '친척을 부르는 말 맞히기' 게임판이 나온다. 초등학생들은 게임판 위에서 주사위를 굴리고 빈칸을 채워 넣으며 이 호칭들을 외워야 하는 것이다.

나는 교과서에 실려 있는 가계도를 바라봤다. 어머니, 아버지, 여자아이, 남자아이가 가운데 있고, 양옆으로 부계가족과 모계가족이 늘어서 있는 그림. 전체적인 가계도의 모습은 피라미드 모양처럼 보였다. 같은 부계 가족 중에도 아버지의 형은 '큰아버지'로 불리는데, 아버지의 누나는 '큰어머니'가 아닌 '고모'로 불리는 것도 흥미로웠다. 아버지의 누나 대신 아버지 형의 아내가 '큰어머니'가 되는 건, 기혼 여성의 서열이 남편을 따라 결정되기 때문일까?

한국의 가족 호칭을 뜯어보니 가족 구성원의 위치를 정하는 기준을 알 수 있었다. 사람들은 연령과 성별, 가부장과의 관계에 따라 윗사람과 아랫사람으로 나누어진다. 기혼 여성들은 '외가'라는 이름으로 가족에서 밀려나는 동시에, 시가에서는 남편의 서열에 따라 자리를 잡아야 한다.

다른 곳에서 만났다면 얼마든지 잘 지낼 수 있는 사람들도 '시가'라는 공간에서 만나는 순간 관계가 기이하게 왜곡되는 것은 바로 이 높낮이 때문이었다. 한쪽은 '네가 감히?', 한쪽은 '네가 뭔데?'라는 질문을 품게 되는 이 관계. 서로에 대한 괘씸함과 모멸감으로 무장한 채 마주하게 되는 이 계단. 내가 호칭이 차별적이라는 이야기를 했을 때, 재현이 '일도 안 시켰는데 뭐가 문제냐'며 버럭 했던 이유는 아마 이 때문이었을 것이다. 자신은 자신의 계단에 서 있었을 뿐이라는 억울함. 이 계단에서는 누구도 평등한 개인으로 만날 수 없었다. 모두가 행복한 호칭을 찾아보자는 제안마저도 각자의 자리를 위협하는 도발이자 도전으로 여겨졌다.

〈우리는 가족입니다〉라는 단원의 마지막은 어느 동요의 악보로 끝난다.

한 계단 오르면 엄마 얼굴
두 계단 오르면 아빠 얼굴

나를 보면서 항상 웃어요

언제나 우리 집 웃음바다

우리들 모두 웃고 살아요

언제나 우리 집 웃음바다

이 '웃음바다'가 얼마나 쉽게 사라지는 것인지 알기에 실소가 흘러나왔다. 가족 서열에서 가장 말단에 있는 자가 나도 '님'자를 넣어서 불러달라고 요청하는 것만으로도, 사랑과 웃음이 넘치는 가족이라는 허상은 순식간에 증발했다.

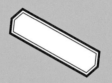

서로에 대한 괘씸함과
모멸감으로 무장한 채
마주하게 되는 이 계단

말하는 사람,
지워지는 사람

가족 호칭이 차별적이라고 말하면 여러 사람이 되묻곤 한다.

"정해져 있는 대로 부르는 것뿐인데 뭐가 문제지? 사전에 그렇게 나와 있잖아?"

과연 그렇다. 사전에 '제수씨'를 검색하면 '남자 형제 사이에서, 동생의 아내를 대접하여 이르거나 부르는 말'이라는 정의가 나온다. 뜻풀이만 보자면 내가 이 호칭을 듣고 께름칙한 기분을 느낄 이유는 조금도 없다. 그런데 나는 왜 찜찜한 느낌을 지울 수 없는 걸까? 그 느낌은 호칭의 뜻 때문이 아니라, 상호 간의 호칭이 '님'과 '씨' 등을 섬세하게 구분하며 서로의 위치에 차등을 두기 때문이다.

포털 사이트 네이버에 '가족 호칭'을 입력하면, 동기 호칭/처가 호칭/시가 호칭을 검색할 수 있는 별도의 창이 뜬다. 남편의 형, 남편 형의 아내, 아내의 남동생, 아내의 남동생의 아내… 이런 검색창까지 따로 있는 것을 보니 나 말고도 많은 한국 사람들이 가족 호칭에 관심을 기울이는 모양이다.

검색 결과에 따르면 나는 두현의 형과 그의 아내를 '아주
버님'과 '형님'이라고 부르는 것이 바람직했다. 두 사람은 각각
나를 '제수씨'와 '동서'로 부르는 것이 옳았다. 또한 두현은 내
남동생의 아내를 '처남댁'이라고 불러야 했고, 그 사람은 내
남편인 두현을 '아주버님'이라고 불러야 했다.

'처남댁'이라는 말을 보면서, 나는 이것이 과연 사람들이
서로 존중한다는 느낌으로 받아들일 수 있는 호칭인지 의문
이 들었다. '제수씨'와 '아주버님'만 해도 왜 나는 '씨'이고 당
신은 '님'인가 생각하게 되는데, 하물며 '댁'이라니…. 게다가
'처남댁'이라는 호칭은 그야말로 한 여자를 남편의 집에 속한
존재로만 표현하는 말이 아닌가? 두현이 '누구 댁'이라고 불
리는 모습을 생각하면 우스꽝스러웠다.

나는 검색 결과의 출처로 표기된 국립국어원 누리집에
들어갔다. 그리고 질의응답 게시판인 '온라인 가나다'에서 나
처럼 호칭에 대해 고민하는 여자들을 발견했다. 놀랍게도 올
해, 작년, 재작년, 5년 전, 10년 전에도 여자들은 호칭을 바꾸
어달라고 국립국어원을 두드렸다.

2008년에 한 여자는, 남편은 자신의 동생들을 '처남'과
'처제'라고 부르면서 반말을 쓰는데 자신은 남편의 동생들을
'아가씨'와 '도련님'으로 부르고 존댓말을 쓴다면서, '피가 거
꾸로 솟는 것 같다'며 호칭 개정을 요구했다. 2015년에 한 여

자는 딸들이 조선 시대 노비들처럼 '도련님', '서방님', '아가씨'라는 말을 쓰지 않고 살았으면 하니, 국립국어원에서 새로운 호칭을 찾아달라고 요청했다. 2016년에 한 여자는 친가와 외가라는 구분이 필요한지 물으면서, 가족 관계의 촌수가 같으면 같은 용어를 적용해 부계와 모계가 동등하게 중요하다는 것을 분명히 하자고 제안했다. 2017년에 한 여자는 시가족에 대한 호칭은 '계급적 굴욕'이 본질이라고 단언했다. 호칭을 한 단계 낮춤으로써 서열을 결정하는 셈이니, 이런 잘못된 호칭은 반드시 바로잡아야 한다는 것이었다. '가족 호칭'이라는 검색어를 입력하면 그 밖에도 비슷한 글들이 무수하게 이어졌다.

이런 요청에 대한 국립국어원의 답변은 '언어 표현은 언중들 사이에 이미 약속된 기호'라고 슬쩍 회피하거나, 〈표준 언어 예절〉에 그렇게 명시되어 있으니 따르기를 권고한다는 것뿐이었다.

— 말씀하신 현실적인 문제도 충분히 공감이 갑니다만, 전통에 따르게 되는 호칭어의 성격도 헤아려보시면 어떨까 합니다. 가정에서의 호칭어에 대해 자세히 설명하고 있는 〈표준 언어 예절〉의 내용을 두루 살펴보시면, 호칭어의 쓰임을 널리 헤아리시는 데 도움이 될 것이라고 봅니다.

- 한국 사회가 남녀가 평등한 사회라고 하지만 전 세대가 사용하는 언어 규범에 적용하기는 힘든 부분도 있습니다. 말씀하신 의견이 바로 규범에 반영될 수는 없겠지만 이러한 의견을 가진 언중들이 많아지고 자연스럽게 호칭이 변한다면 규범 또한 바뀌게 될 것입니다.

　- 국립국어원에서는 바람직하지 않은 언어 표현들을 순화하고 그것을 계도하고는 있으나, 언어는 기본적으로 언중들에 의해 자생적으로 생겨나는 것이며, 그렇게 생겨난 언어 표현은 언중들 사이에 이미 약속된 기호이므로 어떠한 단체가 강압적으로 바꾸기는 어렵습니다.

　답변으로 달린 글을 읽으며 나는 혀를 찼다. 호칭이 뭐가 문제냐는 사람들은 사전을 앞세우고, 사전을 만드는 기관은 언중을 내세우다니 부조리극이 따로 없었다. 심지어 국립국어원은 2014년도에 한 방송 드라마의 등장인물들이 가족 관계 호칭을 똑바로 쓰지 않는다며, '도련님'이나 '서방님'이라는 말을 쓰라고 제작진에게 권고했던 전적까지 있었다. '언어는 언중들에 의해 자생적으로 생겨나는 것'이라는 국립국어원의 말이 무색해지는 순간이었다.

　나는 궁금했다. 국어사전부터 교과서, 〈표준 언어 예절〉

을 토대로 만들어진 각종 자료들이 전부 가족 호칭은 이렇게 불러야 한다고 말하고 있는데, 과연 이것이 언중들 사이에서 자생적으로 생겨난 표현이라고만 볼 수 있을까? 호칭의 발생이야 자생적이었는지 몰라도, 이것의 유지와 재생산에 국립국어원의 책임은 없는 걸까? 국립국어원 누리집의 소개 페이지에는 '국민의 바른 언어생활을 선도하는 연구 사업을 수행하는 기관'이라고 분명하게 명시되어 있었다. 말을 강압적으로 바꿀 수는 없다며 언중 뒤에 숨을 때와, 바른 언어생활을 선도하겠다며 앞장설 때를 판단하는 국립국어원의 기준은 무엇일까?

2007년 한국여성민우회는 여성 비하적인 가족 호칭을 바꾸기 위해 '호락호락 캠페인'을 벌였다. 나는 그때의 기사를 찾아보던 중, 이 캠페인에 대한 국어학자들의 부정적인 반응을 발견했다.[9]

나는 '언중은 어원에 대한 의식이 없다'는 국어학자의 말을 보고, 그렇다면 어원에 대해 의식하는 여자들은 언중이 아닌지 묻고 싶었다. '우리말을 천하게 생각하는 사람들이 한자어로 바꾸려는 경향이 있다'는 의견도 있었다. 한자어보다 우리말을 그대로 쓰는 것이 좋다면, 왜 남자들에게는 '처형'이

<hr />

9   〈국어학자들 "올케 등 호칭 그대로 사용해야"〉, 《서울신문》, 2007. (http://www.seoul.co.kr/news/newsView.php?id=20070104008011)

나 '처제'라는 말을 쓰게 하는지, '도련님'이나 '아가씨'라는
표현 대신 다른 우리말을 찾아볼 수는 없는 건지도 묻고 싶었
다. 전통이라서 바꿀 수 없다고 하기엔 우리가 모든 전통을 보
존하면서 사는 것도 아니었다. 또한 애초에 전통이라는 것을
결정하는 집단이 누구인지도 의문이었다. 한국 사회에서 다
음 세대에 전해야 할 것과 그러지 않을 것을 선택할 힘이 있는
자들은 누구일까? 그리고 지금까지 그 선택에 여자들의 목소
리는 얼마나 반영되어왔을까?

2017년 청와대 국민청원 게시판에는 '여성이 결혼 후 불
러야 하는 호칭 개선을 청원합니다'라는 글이 올라와 화제가
되었다. 청원이 진행된 석 달 동안 3만 명 이상의 사람들이 호
칭을 바꾸자는 제안에 동의하며 댓글을 남겼다.

─ 시대가 어느 시대인데 '도련님', '아가씨'가 뭡니까. 시대에
맞추어 평등하게 바꿉시다.

─ 동의합니다. 사회에 따라 변해가는 것도 언어입니다.

─ 언제까지 여자들이 언어에 갇혀 살아야 합니까?

─ 구시대적 폐습은 이제라도 바꿉시다. 죄인 같은 며느리가 아

닌 동등한 가족 구성원으로 대우받는 며느리가 되도록 사회 분위기를 바꿔갑시다.

여러 언론사의 기사에서도 이 청원에 대한 이야기가 언급됐다. 당시 자유한국당 장제원 수석대변인은 청와대 국민청원 게시판이라는 제도 자체가 '떼법 창구'나 다름없다고 비판하면서, 그것이 단적으로 드러난 예로 가족 호칭 개선 청원을 꼽았다.

– 장제원 수석대변인은 이날 논평을 통해 "국민의 목소리를 직접 듣겠다는 취지로 시작된 청와대 청원 게시판이 시작 100여 일 만에 수많은 문제점을 드러내고 있다"며 이렇게 평했다.

장 수석대변인은 "제사 폐지, 결혼 후 호칭 문제 등 막무가내식 청원은 물론 군대 위안부 설치 등 사회윤리적으로 도저히 받아들일 수 없는 내용까지 (올라와서) 사회 혼란과 갈등을 조장하고 있다"고 설명했다.[10]

나는 왜 가족 호칭에 대한 청원이 반윤리적인 주장과 나란히 놓인 채 '사회 혼란과 갈등을 조장'하는 청원으로 꼽히

10   〈한국당 "靑 청원게시판, '떼법 창구' 전략…삼권분립 존중해야"〉, 《뉴스1》, 2017. (http://news1.kr/articles/?3164394)

는지 의문이 들었다. 정말 구성원들의 일부가 문제를 제기함으로써 사회의 갈등을 야기하는 것으로 봐야 할까? 오히려 기존의 문화가 이들을 억압하기 때문에 갈등이 일어나는 것이 아닐까? 이 혼란과 갈등을 없애기 위해서는 억압받는 사람들의 입을 막아버리는 대신, 공론장을 열어 합의점을 찾는 편이 옳지 않을까? 나는 나의 시가를 포함해서 한국 사회 전체가 왜 이런 작은 갈등조차 해소하려는 의지를 가지지 않는 건지 답답했다. 만약 남자들이 여자들에게 '큰마님', '작은마님' 같은 호칭을 써야 했다면 이 관습은 진작에 사라졌을 것이다. 무엇이 사회문제인지 결정할 권한조차 남자들이 가지고 있었기 때문에, 해결은 고사하고 가족 호칭이 '문제'라는 것을 인식시키는 것부터가 여자들에게는 지난한 싸움이었다.

위의 기사에 따르면 장제원 수석대변인은 "청원은 법적으로 근거와 제한이 분명한 제도"라며 "기준에 대한 내용은 쏙 빼고 청와대가 '뭐든지 이루어줄 것'처럼 과장해 게시판을 운영 중"이라고 비판했다. 이 발언은 가족 호칭 문화가 국가에서 개입할 일이 아니라는 판단하에 나온 것일 터였다. 물론 나도 가족 호칭을 법으로 강제해야 한다고는 생각하지 않았다. 그러나 이것을 합의할 수 있는 공론장이 어디에 있는지를 도무지 알 수 없었다. 도대체 우리는 어디에 말하면 되는가? 국립국어원은 언중에게 책임을 돌리고, 언중은 사전에 책임을 돌리고, 국가는 민간에 책임을 돌리는 동안, 여자들이 감내해왔고 여전히 감내하고 있는 모욕은 누구에게 책임을 물을 수 있는가?

가족 호칭을 둘러싸고 사회에서 오간 이야기들을 찾아볼수록, 이것은 사적인 영역에서 해결할 일이 아니라는 확신이 들었다. 개인적인 영역에서 보면 나는 수진과 재현의 호칭을 부르지 않을 수도 있고, 두 사람과 만나는 것을 피할 수도 있었다. 내가 견딜 수 없는 것은 사회가 한쪽의 목소리에 계속 귀를 막고 있다는 점이었다.

"너만 조용히 있으면 아무 문제 없잖아?"

공적인 영역과 사적인 영역에서 여자들에게 울려 퍼지는 메시지는 동일했다. 가족 호칭을 바꿀 수 없다고 주장하는 국어학자들은 대화의 장에 참여해서 합의점을 찾으려는 것이 아니라, 자신들이 이 문제를 판단하고 거부할 권한이 있다고 믿었다. 내 시가 구성원들은 모두 내가 입을 다물기를 바랐고, 그것을 통해 자신들의 '평화'를 지킬 수 있다고 생각했다.

국립국어원 게시판에 여러 번 글을 남기다가 사라진 여자들의 이름을 보면서, 나는 국립국어원이 생각하는 언중, 즉 '말하는 무리'가 누구인지 생각했다. 한국 사회에서 말하는 사람은 누구이며, 목소리가 지워지는 사람은 누구인가? 왜 어떤 사람들의 주장은 못 들은 척해도 아무 문제가 없는 말로 취급될까?

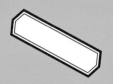

너만 조용히 있으면
아무 문제없잖아?

누가 침묵하기를
명령할 수 있는가

2018년 3월. 광화문에서 '세계여성의날' 기념 대회가 열렸다. 전날 밤 나는 옷장을 뒤져서 결혼식 피로연 때 입었던 하얀 드레스를 찾았다. 결혼식을 할 때만 해도 이 옷을 다시 입게 될 줄은 몰랐다. 그것도 광화문 광장에서. 두현은 내가 주문한 문장으로 피켓을 만들었다.

아주버님, 도련님, 아가씨… 나는 당신들의 아랫사람이 아닙니다.
국립국어원은 여성차별적인 〈표준 언어 예절〉 가족 관계 호칭을 개정하라.

피켓을 다 만드는 데는 여덟 시간이 걸렸다. 두현은 팔만 대장경을 만드는 심정이었다고 하면서 나에게 피켓을 안겨줬다. 피켓을 보고 있자니 뿌듯하면서도 한편으로는 고민이 됐다. 지금 사회적으로 가장 큰 이슈는 미투 운동인데, 내가 다른 이야기를 얘기해도 괜찮을까? '화력'을 분산시키지는 않을까? 사람들이 너무 나댄다고 생각하지 않을까? 가족 호칭은

아주버님, 도련님, 아가씨…
나는 당신들의 아랫사람이 아닙니다
국립국어원은 여성차별적인
〈표준 언어 예절〉 가족 관계
호칭을 개정하라

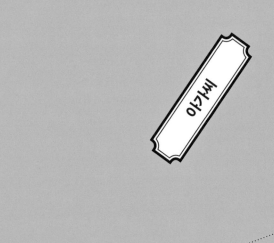

지금 말하기에는 너무 사소한 주제가 아닐까….

2018년 1월 서지현 검사는 방송을 통해 8년 전 안태근 검사가 자신을 성추행하고, 이에 문제를 제기하자 인사상의 불이익을 줬다고 폭로했다. 여파는 문화 예술계로 번져서 시인, 소설가, 연출가, 배우 등에 대한 폭로가 줄줄이 터져 나왔다. 뉴스에는 하루가 멀다 하고 새로운 이름이 등장했다. 나의 직장 동료들은 점심시간에 도시락을 먹으면서 '남자들은 도대체 뭐가 문제냐'고 넌더리를 냈다. 두현은 카페에 갔다가 서너 명의 여자들이 모여서 '나도 성폭력을 당했다'며 커다란 목소리로 얘기하는 것을 들었다고 했다.

정말 세상이 바뀌고 있는 걸까? 이제는 여자들이 쉬쉬하지 않고 큰 목소리로 자신이 겪은 폭력에 대해 이야기할 수 있는 걸까? 나는 어둠 속에 있다가 갑자기 손전등 불빛을 정면으로 본 것 같은 어지러움을 느꼈다. 그 불빛이 깊은 곳에 묻어둔 기억을 하나하나 비추기 시작했다. 독서 모임 회원들도 비슷한 기분을 느끼는 것 같았다. 우리들은 대화방에 자신이 오래전에 겪었던 성폭력에 대해 털어놓으며 분개했다.

"아주 커다란 소용돌이에 휩쓸려 있는 것만 같아요. 이제 다시 몰랐던 때로 돌아갈 수는 없죠."

"그렇죠. 우리 자신도, 이 사회도 미투 운동 전으로는 돌

아갈 수 없어요."

　이런 시기에 성폭력이 아닌 다른 주제로 1인 시위를 계획하자니 신경이 쓰였다. 더 중요한 일을 해결해야 할 에너지가 흩어질까 봐. 혹은 이런 호칭 이야기엔 누구도 관심을 가지지 않을까 봐. 그럼에도 지금 내가 말해야 한다는 생각이 들었다. 내 손에 들고 있는 불씨를 꺼뜨리고 싶지 않았다. 말하지 않으면 이번에 내가 시가에서 겪었던 사건 또한 아무것도 아닌 일처럼 흘러갈 것이 뻔했다. 국립국어원을 필두로 온 사회가 결혼한 여자에게 '아주버님', '도련님', '아가씨'라는 호칭을 써야 한다고 하는데, 그것에 대해 '싫다'라고 거부하는 목소리는 작은 일에 집착하는 사람들의 별난 의견으로만 취급되어 왔다. 이런 호칭을 쓰는 게 나만 이렇게 불쾌한가? 내가 너무 예민한가? 이제는 나를 포함한 여자들이 그 질문을 멈추길 바랐다. 더는 자신을 탓하고 싶지 않았다.

　피켓을 들고 광장에 서 있는 동안 여러 사람이 고개를 끄덕이면서 지나갔다. 한 여자가 다가와서 말했다. 자신의 아들도 결혼했는데 아들 와이프가 '도련님', '아가씨' 소리를 하는 게 불만이라고. 또 다른 여자는 정말 호칭이 문제라면서, '도련님'과 '아가씨'뿐 아니라 남편의 집을 '시댁'이라고 높여 부르는 것부터 '시가'로 바꿔야 한다고 강조했다. 기자들도 하나둘 모여들었다. 한 기자는 자신도 결혼한 사람이라 이 얘기가 뭔지 너무 잘 안다고 했고, 한 PD는 미투 운동을 취재하러 왔지만 개인적으로 이 문제에 관심이 있다며 전화번호를 받아 갔다. 사람들과 이야기하면서 오랫동안 내 안에 머물던 한 가지 생각이 조금씩 옅어지는 것을 느꼈다. 말해봤자 아무 소용 없다는 생각. 누구도 듣는 사람은 없다는 생각.

중학교 2학년 여름에 나는 아버지를 경찰에 신고했다. 아버지의 폭력이 또 한 번 되풀이된 날이었다. 할머니는 아버지를 뒤에서 붙잡다가 떠밀려서 넘어졌다. 나는 아버지를 피해 집 밖으로 도망갔다. 맨발에 닿는 보도블록은 차가웠고, 드문드문 불이 켜진 아파트 단지는 고요했다. 아버지는 나를 쫓아오며 코웃음을 쳤다.

"달려라, 달려. 누가 더 잘 달리는지 보자."

내 다리가 이상할 정도로 느리게 움직이는 것 같았다. 아버지는 나를 붙잡아서 아파트 벽 쪽으로 끌고 갔다. 그는 내 목을 움켜쥐며 웅얼거렸다. 너는 내가 죽었으면 하지? 네가 나보다 오래 살 거라 생각하지? 아버지는 내 목을 조르다가 어느 순간 손아귀에서 힘을 풀었다. 정말 사람을 죽일까 봐

겁이 났던 걸까. 어쩌면 딱 이 정도 수위로만 나를 괴롭히고 싶었던 건지도 몰랐다. 아버지가 시야에서 사라진 다음에 나는 공중전화 부스로 들어가 경찰서에 전화를 걸었다. 신고를 하고 집으로 돌아갔을 때 아버지는 보이지 않았다. 할머니와 어머니는 거실에서 부서진 물건을 주워 담고 있었다. 나는 방으로 들어가 문을 닫았다. 벨 소리가 나고 경찰 두 명의 목소리가 들렸다. 어머니와 할머니는 밝게 꾸민 목소리로 말했다.

"아무 일 아닙니더. 아무 일도 아니라예."

경찰들은 문 앞에서 어머니와 할머니와 몇 마디를 나눴다. 경찰들이 돌아가는 소리를 들으며, 나는 방문 뒤에서 몸을 웅크렸다.

내가 20대였을 때의 일이다. 길을 걷고 있는데 오토바이를 탄 남자가 가까이 다가오더니 내 가슴을 만지고 갔다. 마침 경찰차가 동네 순찰을 돌고 있었다. 나는 경찰에게 가서 방금 겪은 일을 말했다.

"아, 저 오토바이 소리? 저런 사람은 못 잡아요."

경찰들은 내 앞에서 느긋하게 메모를 하며 대답했다. 말문이 막혔다. 그들의 모습을 보고 있자니 내가 별것도 아닌 일로 화를 내는 건지 헷갈리는 기분마저 들었다. 마치 내 몸이 아무나 내키는 대로 건드려도 괜찮은 공공의 것이 된 것 같았다.

대학에 다닐 때는 같은 과의 남학생이 나를 성추행했다. 그 남학생의 손이 갑자기 내 몸으로 다가오던 순간, 나는 지금 내가 뭔가 착각하는 건 아닌지 스스로에게 되묻고만 있었다. 나는 가만히 있었다. 마치 내가 모르는 척하면 현실이 아닌 일이 되는 것처럼. 추행의 순간은 순식간에 지나갔다. 다음 날이 되어서야 나는 이 상황을 받아들였다. 그리고 그 남학생의 SNS 방명록에 들어가 한 문장을 남겼다. 지금 생각하면 너무나 비굴한 말.

"오빠, 어제 일은 잊어드릴게요."

그때 나는 이것이 일을 크게 벌이지 않으면서도 내가 사과를 받을 수 있는 최적의 문구라고 생각했다. 그 남학생은 SNS를 닫고 아무 대답도 하지 않았다. 학교를 다니는 내내 내 얼굴을 보면서 사과는커녕 한마디 변명조차 없었다. 그는 아무렇지도 않게 나를 대했다. 나는 그 완벽한 침묵에 눌려 말할 의지를 잃어버렸다.

비슷한 일이 한 번 더 있었다. 2016년에 인터넷에서 '#문단_내_성폭력'이라는 해시태그가 돌 때였다. 나는 한 작가에게 메시지를 보냈다가, 그가 아무런 대꾸 없이 자신의 SNS 계정을 없애는 모습을 봤다. 대학생 때 나를 추행했던 남학생과 똑같은 행동 방식이었다.

폭력에 대해 항의했을 때 돌아오는 반응은 놀랍도록 비슷했다. '당신이 나에게 한 행동은 잘못된 것이다'라고 말했을 때 상대방의 1차적 반응은 아무런 반응도 하지 않는 것이었다. 마치 내가 말했다는 사실 자체가 없는 것처럼. 내 목소리가 귀에 들어오지 않는 것처럼. 가해자의 무반응, 목격자들의 외면, 내가 겪은 일은 '사소한 일'이라는 분위기에 눌려서 나는 늘 말하는 것을 포기했다. 언젠가부터 나는 내가 물속에 살고 있다고 생각했다. 아무리 외쳐도 물 밖에 있는 사람들에게는 결코 가닿을 수 없다고. 그렇게 내가 침묵하고 나면, 나를 제외한 사람들에게는 다시 평화로운 일상이 찾아왔다.

인간 사회를 서열 구조로 보는 사람들에게 약자의 목소리는 가벼운 소음에 지나지 않는다. 그 목소리가 무엇을 말하는가는 중요하지 않다. 강자는 침묵을 행사할 수도 있고, 명령할 수도 있다. 사소한 것과 사소하지 않은 것을 결정할 힘이 있다.

성폭력이 불균형한 권력관계에서 일어나듯이, 호칭 차별 역시 가족 안에서의 권력 차이 때문에 벌어지는 현상이다. 차별적인 언어는 차별적인 인식을 만든다. 사회에서 벌어지는 각종 성폭력은 가정에서 언어를 통해 형성된 여남 관계에 대한 인식과 결코 무관하지 않다.

사람은 언어를 통해 세계를 인식하기에, 우리들은 좀처럼 이 바깥을 상상할 수가 없다. 남자들은 상상할 필요가 없는지도 모른다. 그들은 자신에게 돌아올 과실을 기다리며 가부장의 질서에 복종한다. 여자들에게는 복종의 태도가 미덕이라는 이름으로 권장된다. 침묵하는 것. 순종하는 것. 이 공동체 안에서 가부장의 질서가 잘 돌아가도록 매끄러운 윤활유가 되어주는 것.

권력의 우위에 있는 사람은 '아래'에 있는 사람에게 자신의 욕망을 표현하기를 두려워하지 않는다. 성욕이든 지배욕이든 통제욕이든 마찬가지다. 권력자의 질서를 지지하는 사회에서 그는 눈치를 볼 필요가 없다.

한국에서는 이 권력자의 질서가 문화라는 이름으로, 예의범절이나 도리라는 이름으로 포장되곤 한다. 자식은 부모의 말을, 제자는 선생의 말을, 나이가 어린 사람은 연장자의 말을 따르는 것이 규범으로 정해져 있다. '아랫사람'은 할 수 없는 말을 '윗사람'은 할 수 있고, '아랫사람'이 요구할 수 없는 것을

'윗사람'은 할 수 있다는 관념이 온 사회에 팽배하다. 이런 위계 구조 안에서 폭력이 발생할 것인가 아닌가는, 오직 서열의 위에 자리한 자의 의지에 달려 있는 것이다.

광장에서 사람들과 이야기하는 시간, 나는 처음으로 사람들과 내가 똑같이 땅 위에 있다는 느낌을 받았다. 나에게도 입이 있구나. 내가 말하면 듣는 사람이 있구나. 사람들 앞에서 말하는 내내 심장이 쿵쿵 뛰었다. 처음으로 목소리를 가졌다는 감각이 내 가슴을 꽉 채웠다. 목소리 없이 살아온 사람은 나만이 아니었다. 3월 22일, 서울 청계광장에서 '2018분의 이어말하기'라는 행사가 열렸다. 22일 밤부터 23일 밤까지 참가자들은 발언대에 서서 자신의 이야기를 이어갔다. 나는 출근하기 전 새벽 5시에 광장으로 향했다.

청계광장에 도착했을 때 아직 하늘은 캄캄했다. 서너 명의 여자들이 부대 앞에서 은박 매트를 담요처럼 두르고 앉아 있었다. 거리에 잠시 서 있는 것만으로도 몸이 덜덜 떨리는 추운 날씨였다. 그 시각에도 발언대에 올라가려는 참가자들이 서너 명이나 줄을 서 있었다. 나는 사람들 뒤에 서서 차례를 기다렸다. 그날 나는 '문단 내 성폭력'이라는 주제로 발언하려고 마음먹고 있었는데, 내 앞에 있는 두 여자도 모두 성폭력을 저지른 시인들에 대해 이야기했다. 도대체 우리는 왜 이렇게 추운 새벽에 광장에 서서, 자신이 겪은 폭력에 대해 말해야만 하는 걸까.

한 발언자는 어느 시인이 자신에게 시 쓰기를 가르쳐준다고 접근해서 스토킹을 일삼다가, 나중에는 그 경험을 작품으로 만들어 발표했다고 말했다. 이런 이야기가 조금도 낯설게 들리지 않는다는 것에 화가 났다. 얼마나 많은 남자 문인들이 여자들에게 글쓰기를 가르쳐주겠다고, 너의 고통을 언어로 표현할 방법을 알려주겠다고 접근했던 것일까. 그러나 그들은 자신이 독점한 알량한 말의 권력을 손톱만큼도 나눌 생각이 없었다. 오히려 여자에게 휘두르는 폭력을 양분 삼아 자신의 언어를 살찌워갈 뿐이었다.

"이제 내가 말한다. 당신들이 들을 시간이다."

마이크를 잡고 말하는 동안 서서히 날이 밝아왔다. 나는 탁트인 광장 위로 어슴푸레하게 밝아오는 하늘을 눈에 담았다.

저녁 무렵 청계광장에서 1차 미투 집회가 열렸다. 나는 회사 일을 마치고 다시 광장으로 갔다. 이미 많은 사람이 촛불을 들고 모여 있었다. 광장 한쪽에 세워진 벽에 대자보가 붙어 있었다. 학교 선생님, 직장 상사, 친구, 아버지, 오빠가 저지른 성폭력에 대한 이야기들. 어떤 대자보는 읽으면서 정말 가슴이 터질 것 같았다. 세상에는 이토록 많은 절망과 고통이 있었구나. 우리들 각각은 이런 경험을 감당하면서 살아왔구나. 나는 처음 알게 된 것처럼 놀랐다.

누군가를 만나러 가는 길 끝에 폭력이 기다리고 있다는 것. 누군가와 가까워지고 싶다는 자연스러운 마음마저 철저한 모욕으로 돌아오는 것. 많은 여자들이 대자보를 통해 비슷한 경험을 말했다. 살아오는 나날 동안 나에게도 수차례 되풀이된 일이었다. 이런 세상의 모습을 자연스러운 것이라고, 원래 그런 것이라고, 나는 계속 자신에게 말하면서 살아왔다. 나를 정말 놀라게 한 것은 나조차도 이제까지 나의 삶을 직시하지 않았다는 자각이었다. 내가 겪은 일들이 '나'의 문제가 아니라 '우리'의 문제라는 것을 깨달았을 때야, 비로소 내 삶이 얼마나 많은 폭력으로 뭉개져 있었는지 바라볼 용기가 생겼다.

어머니와 딸로 보이는 두 사람이 대자보를 읽고 있었다. 수녀복 차림의 여자가 광장 구석에서 촛불을 들고 서 있었다. 내 옆에는 두 친구가 있었다. 한 사람은 독서 모임 회원이었고, 다른 한 사람은 머그컵을 들고 한국여성의전화에 갔을 때 만난 이였다. 나는 친구들에게 각각 내 장갑 한 짝과, 가지고 있던 손난로를 건넸다. 행진이 시작될 때 우리들은 큰 목소리로 구호를 외치며 걸음을 내디뎠다. 캄캄한 하늘에 입김이 흩어졌다. 두 친구의 목소리가 귓가를 울렸다. 나는 나처럼 분노한 여자들과 함께 있는 것이 기뻤다. 두 번 다시는 목소리를 잃어버리고 싶지 않았다.

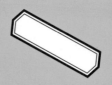

우리 집에선 아무 문제도 없는데
왜 가족을 해체시키려고 해?

한국 사회의
뇌관을 밟아버렸다

여성의날 대회가 끝나고 1인 시위를 하는 내 모습이 《국민일보》, 《뉴스1》, 《뉴스프리존》, 《중앙일보》 등의 기사에 실렸다. 나는 컵 사진과 편지글, 뉴스 기사 링크를 모두 모아 '박가네' 대화방에 올려달라고 두현에게 부탁했다. 그리고 글을 덧붙였다.

"저는 이 가족 호칭 문제가 개인 간의 다툼일 뿐 아니라, 한국 사회가 나에게, 또한 여성에게 가하는 억압이라고 판단하고 있습니다. '아주버님'은 '끝난 얘기'라고 했지만, 이야기의 시작과 끝은 제가 정하겠습니다. 그럼 조만간 또 인사드리겠습니다."

두 시간이 지난 뒤 재현의 답장이 올라왔다.

"나는 더 이상 가족이라고 생각하지 않으니 연락하지 마라. 그런 일에 신경 쓸 시간도 여유도 없다."

두현의 어머니는 나에게 긴 문자메시지를 보냈다.

"이쯤 되니 나는 네가 걱정된다. 건강이나 집 장만처럼 너희들이 당장 신경 써야 할 문제도 많은데…. 너희들 잘살 궁리 했으면 좋겠고…. 예쁜 네 모습이 변해가는 것도 싫고…. 나는 여태껏 시집 호칭이 그러니 그런가보다 하고 불만이 없었어. 단지 입에 붙지 않아 쑥스러워서 안 불렀을 뿐이지. 그렇지만 민정이가 이의 제기를 하니까, 마음 열고 들어보자 한 게 여기 까지 왔구나. 네가 처음 호칭 얘기를 꺼냈을 때 내가 단호하게 안 된다고 했으면 당장엔 속상했어도 일이 이 지경까지는 안 됐을 텐데, 시어미로서 자책이 느껴지는구나. 부모 심정으로선 너희들이 자신을 위해서 지혜롭게 살았으면 한다. 실속을 차려야 해. 너희들은 소중하니까…."

나는 문자메시지를 보고 한숨을 내쉬었다. 두현의 어머니는 아직까지도 호칭 싸움이 내가 훌훌 털어버리면 끝나는 일이라고 생각하는 것 같았다. 그러고 나면 '예쁜 네 모습'으로 돌아갈 거라고 믿는 것 같았다. 이번 싸움이 나뿐만 아니라 모두가 함께 풀어가야 할 숙제라는 것을, 어떻게 하면 시가 구성원들이 이해할 수 있을까? 나는 답장을 보냈다.

"어머님의 걱정과 바람은 잘 이해합니다. 그만하기를 바라는 어머님 뜻을 따르지 못해서 죄송하지만, 저는 세상에 와서 다른 것은 못 해도 국립국어원 지침 하나는 바꿔야겠다고 생각하고 있습니다. 앞으로 한국에서 결혼한 여자들이 호칭 때문에 저처럼 이런 촌극을 겪으면 안 된다고 생각해요. 또 자신의 불편함에 대해 얘기했을 때 '원래 낮은 위치'라는 말을 듣는 일도 없어야 하고요. 이런 일에 매달리는 것보다 그냥 저희 두 사람끼리 잘 살았음 하는 부모님의 마음은 잘 알지만, 이런 활동 또한 저희가 잘 사는 방식인 것 같습니다.

저는 예쁜 모습으로 있기보다는 그냥 저답게 살고 싶습니다. 그것 때문에 어머님과 아버님께 근심을 안겨드려서 저도 마음이 무겁습니다. 제가 개인적인 양심으로 이 싸움을 하려는 것이 아니라는 점을 생각해주세요. 저도 가족의 이야기가 사람들 입에 오르내리는 것에 대한 어머님의 심적 부담을 한 번 더 생각하겠습니다."

두현의 어머니는 내 문자를 보고 알겠다고 대답하면서도, 두현에게 전화를 걸어서 하소연했다. '박가네'에 올라온 글 때문에 재현과 수진이 또 한바탕 뒤집어졌다는 것이었다. 그들은 왜 내가 저러고 다니는 걸 보고만 있느냐고, 왜 화를 내지 않느냐고 두현의 어머니를 닦달했다. 두현의 어머니는 두현에게 호소했다.

"민정이는 어떨지 몰라도, 우리들은 보통 사람이야. 큰애는 더 그렇고. 걔들은 사회적인 문제 이런 거 몰라. 그러니까 걔들은 그냥 걔들 인생 살게 놔두면 안 되겠니?"

포털 사이트에 기사가 올라간 이후 댓글 창은 시끌벅적했다. '어디서 계집이 감히', '꼴페미들… 미투 미투 하더니 너희들의 목적이 결국 이거였냐', '이슬람 국가로 꺼져라. 거기서 2년만 있다 오면 내가 대접받고 살았구나 알 거야'. 줄줄이 이어지는 댓글을 보고 있자니 이 말을 되돌려주고 싶었다.

"너무 예민한 거 아니야?"

두현에게 왜 그러고 사느냐고 훈계하는 사람도, 저런 여자를 만나서 힘들겠다고 걱정하는 사람도 있었다. 그냥 부르는 이름일 뿐인데 왜 집착하냐는 댓글, 자격지심이라는 댓글도 수두룩하게 달렸다. 이런 사람들은 '차별'이라는 현상이 없다고 우김으로써 자신이 차별적인 구조의 일부라는 사실을 외면할 수 있다고 믿었다. 호칭이 정말 아무 의미 없는 기호에 불과하다면, 그것을 바꾸자고 했을 때 이토록 격렬하게 거부하는 이유는 뭘까? 이런 반응은 현재의 호칭 체계에서 자신들이 기득권이며 수혜자라는 것을 본능적으로 파악하고 있기 때문에 나오는 것이 아닐까?

나는 거의 히스테리에 가까운 반응을 접하면서 한 가지 이유를 더 생각해볼 수 있었다. 아주 흔히 보이는 댓글 중 하나는 이런 식의 얘기였다.

– 우리 집에선 아무 문제도 없는데 왜 가족을 해체시키려고 해?

왜 사람들은 호칭이 변하면 가족이 해체된다고 생각할까? 이 말의 이면에는 '윗사람-아랫사람'이라는 수직적인 질서가 아닌 관계로 타인을 대하는 법을 배우지 못한 사람들의 공포가 깔려 있었다. 여남을 막론하고 자신과 나이가 같은 사람만을 대등한 타인, 즉 '친구'라는 관계로 만나온 것이 한국인의 보편적인 경험이다. 특히 가족이라는 사적인 집단에서 우리는 한 번도 대등한 타자를 만난 적이 없다.

가부장제 사회에서 가족 집단의 구성원들은 서로를 수직적인 서열로 인식한다. 이 가족 집단에 새로운 사람이 등장하면, 구성원들은 기존의 서열 구조에 그를 필사적으로 집어넣으려고 한다. 그 구조를 벗어나서는 새로운 가족 구성원과 관계 맺는 법을 알지 못하기 때문이다. '새아기'도 아니고 '형수님'이나 '제수씨'도 아니라면, 이 여자는 대체 누구란 말인가? 우리 가족 안에서 개인으로서의 '나'를 주장하는 여자. 가부장의 질서에 속하지 않겠다고 선언한 여자. 그는 '남'도 아니고 '우리'도 아닌, 불편하기 짝이 없는 존재가 되는 것이다.

CBS 라디오 〈김현정의 뉴스쇼〉에 출연한 이후에는 한층 더 격한 말들이 쏟아졌다. 성균관 유교방송의 최영갑 대표와 나는 방송에서 가족 호칭을 주제로 짧은 토론을 벌였다. 나는 '친가'와 '외가'라는 명칭을 포함해서, '아주버님', '도련님', '아가씨' 등 가족 관계 전반의 성차별적인 호칭을 고쳐야 한다고 주장했다. 최영갑 대표는 전통을 부정하고 쉽고 편한 쪽으로만 문화를 바꾸려는 흐름에 대해 우려를 표했다. 기사가 나간 뒤 한 블로거는 나를 가리켜 "별 미친 X를 다 보겠다며" 포스팅을 남겼다.

— 참 근본적으로 문제가 많은 여성입니다. 이건 성평등 문제가 아니라 부계 사회를 통째로 뒤흔드는 것입니다. (…) 현실을 직시하세요. 남자와 여자는 평등해질 수 없고 평등해져서도 안 됩니다.

고작 호칭 하나 바꾸자는 것 뿐인데 통째로 흔들릴까 봐 걱정하다니, 그 '부계 사회'라는 관념이 얼마나 나약한 토대 위에 세워진 망상인지 알 수 있었다. 포털 사이트 뉴스와 유튜브의 댓글 창에서도 사람들이 아우성을 쳤다.

- 그만 좀 해라, 툭하면 성차별 소리 지겹다! 사회와 문화를 혼란스럽게 하지 마라!

- 본인이 싫으면 안 하면 되는 거지 왜 피켓까지 들고 강요하냐! 이런 게 법적 효력이나 사회적 합의가 필요한 거냐?

- 저건 피켓 따위를 든다고 해결되는 게 아닙니다. 결혼을 하지 말든가, 이민을 가든가….

- 호칭으로 존중받는 것을 고민하기보다는 진심으로 존중받을 수 있는 생각과 행동을 하는 것이 먼저 아닐까요?

- 도를 넘는 짓들 한다. 전통까지 박살 내자는 거냐?

- 천하디 천한 발상… 머릿속에 지식이 있는 여자들은 이런 X 같은 생각 안 한다.

- 미국 여자들은 너네들보다 멍청해서 남편 성 따라 쓰니?

- 그냥 네 존재 자체를 부정해라!

이런 댓글을 그대로 박제해서 가족 호칭이 성차별이라는 증거로 제시해도 될 것 같았다. 여러 사람의 반응을 보고 있자니 새삼 묻지 않을 수 없었다. 도대체 호칭이라는 게 뭐기에? 한국의 가족 호칭이 차별적이라고 말하는 순간, 너무나 많은 사람이 평정심을 잃었다. 나는 나도 모르게 한국 사회의 뇌관 하나를 밟아버린 것 같았다.

4월이 됐을 때 두현 형 부부가 둘째 아이를 가졌다는 소식이 들려왔다. 두현의 부모님은 나와 두현을 찾아와 당분간 조용히 살자고 당부했다.

"가만히만 있어. 연락할 필요도 없어. 싫으면 걔들 안 보고 살아도 돼."

두현의 어머니는 말했다. 그런데 이상한 일이었다. 내가 말을 꺼내지 않아도, 두현의 부모님과 두현 사이에 오가는 얘기를 듣다보면 어느새 화제는 가족 호칭으로 돌아가 있었다. 우리들은 소용돌이에 빨려 들어간 것처럼 이 주제에서 헤어나오지 못했다.

두현의 아버지는 문득 고개를 흔들며 넌더리를 냈다.

"아, 또 이 얘기를 하고 있구나…."

두현의 어머니가 재현과 수진의 입장을 설명하면, 두현은 우리의 생각을 항변하는 식으로 이야기가 끝없이 이어졌다. 말미에는 두현 어머니가 젊었을 때 친척들 사이에서 서운함을 느꼈던 순간에 대한 토로가 나오기도 했다. 두현의 어머니는 말했다.

"나는 이게 잘못됐고 저게 잘못됐다고 말하는데, 두현이 아버지는 아무 대꾸도 안 하는 거야. 아예 들은 척을 안 해. 맨날 내 속만 썩어 들어가는 거지. 젊었을 때는 얼마나 답답했는지…."

두현의 아버지는 그렇게 시비를 가리지 않는 태도야말로 자신이 평화롭게 사는 비결이라고 대답했다. 두현 아버지의 말에 따르면, 남의 행동을 옳다느니 그르다느니 판단하면서 자기 기준대로 바꾸려는 생각이 모든 갈등의 원인이라는 것이었다. 하지만 상대와 내가 아무런 변화를 원하지 않는다면, 우리가 굳이 만나서 시간을 보낼 필요가 있을까? 그리고 아내와 남편이든, 며느리와 시가족이든 만남으로 인한 변화는 상호 간에 일어나야지, 한쪽이 일방적으로 맞추는 관계는 불공평하지 않은가?

나는 생각했다. 두현 아버지의 말은 결국 타인을 바꾸려

하지 말라는 것보다, 아버지 본인을 바꾸려 하지 말라는 말에 가깝지 않을까? 내가 한국 사회의 장년 남성이었더라도, 굳이 가족이라는 집단에서 무언가를 바꿔야 한다는 생각이 들 것 같지는 않았다. 두현의 아버지는 세상에 절대적으로 옳고 그른 것은 없으며, 다 자기가 아는 만큼 보일 뿐이라고 고개를 끄덕였다. 두현의 어머니는 우리만 만나면 왜 이렇게 말을 많이 하게 되는지 모르겠다며 눈가를 훔쳤다.

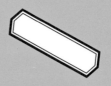

지금 제가 겪는 일이 차별이고
폭력이기 때문에 이러는 거잖아요

아랫사람이 아니라
사람이 되기 위해

두현의 어머니가 할머니와 함께 나들이를 간다고 제주도로 떠났을 때였다. 두현은 오랜만에 아버지를 찾아가 둘이 저녁을 먹었다. 한창 고기를 굽고 있을 때, 두현의 아버지에게 재현의 전화가 걸려 왔다. 두현은 인사나 하겠다면서 아버지로부터 전화기를 넘겨받았다. 둘째 가진 것을 축하한다는 두현의 말에, 재현은 왜 요새 연락도 없었느냐며 살갑게 대꾸했다. 두현은 말했다.

"가족이 아니라며?"
"에이, 그런 말 때문에 연락 안 한 거야?"

재현의 천연덕스러운 대답을 듣고 두현은 당황했다. '박가네' 대화방 사건 이후 두현은 재현에게 만나서 얘기를 하고 싶다고 두어 번쯤 연락했지만, 한 번도 답장을 받지 못했던 터였다. 두현은 민정이에게 했던 폭언에 대해서 사과할 생각은 없는지 물었다. 재현은 대답했다.

"너희들이 공식적으로 사과하면, 내가 개인적으로 할 수는 있어."

"하나만 물어볼게. 형은 아직도 민정이를 아랫사람이라고 생각해?"

"응."

두현은 전화를 끊었다. 집으로 돌아온 두현은 형과의 대화 내용을 전하며 너무나 화가 난다고 말했다. 나는 우선 재현이 말하는 '공식적인 것'과 '개인적인 것'이 무엇인지 궁금했다. 두현과 내가 대국민 사과라도 하길 바라는 걸까? 두현은 자기 역시 그 말이 무슨 뜻인지는 모르겠지만, 얘기를 듣는 순간 마음속에서 끈이 툭 끊어지는 것 같았다고 했다. 자신이 아는 형은 이렇게 정치인처럼 거래하듯이 얘기하는 사람이 아니었다는 것이다.

"형이 왜 이렇게 변한 건지….”

두현은 벽을 보며 중얼거렸다. 나는 재현에게 전화를 걸었다. 장모님과 함께 있어서 통화하기 어렵다는 대답이 돌아왔다. 전화를 끊고 두현에게 '박가네' 대화방에 나를 초대하라고 시켰다. 이제는 가족 모두에게 내가 직접 말해야 할 때라는 생각이 들었다.

"오늘 저녁에 두현이 형이 두현이와 통화하면서 '민정이를 정말 아랫사람이라고 생각하냐'는 질문에 두 번 '응'이라고 대답했다는 이야기를 전해 들었습니다. 저는 두현이와 결혼한 것이지 두현이 형 부부의 아랫사람이 될 생각은 추호도 없답니다. 두 사람이 저를 아랫사람으로 생각하건 낮은 위치로 생각하건 그건 자유이지만, 그런 말을 입 밖에 냈을 때는 책임이 따르는 법이죠. 지금까지는 대화를 통해 원만하게 매듭지어볼까 했는데 생각이 바뀌었습니다. 이번 주 안에 새로운 소식 전하겠습니다."

대화방에 메시지를 올리고 두현의 아버지에게 전화했다. 희미하게 반가움이 섞인 두현 아버지의 목소리를 듣는 순간 애잔한 마음이 스쳐 갔다. 나는 말했다.

"두현이 형 고소할 겁니다."
"왜? 도대체 또 무슨 일인데?"
"오늘 얘기 들었어요. 저보고 또 아랫사람이라고 했다죠? 저는 그런 얘기 용납 못 합니다."

전화기 너머 땅이 꺼질 듯한 한숨이 이어졌다.

"도대체 뭐가 문제야. 아랫사람 윗사람이 왜 문제야. 뭐든 문제 삼으면 문제로 보이는 법이야."

"그렇게 본다면 고소하는 것도 문제는 아니죠."

"내가 볼 때는 네가 별것도 아닌 걸 지나치게 크게 생각하는 것 같다. 받은 것 이상으로 갚아주려는 것 같아."

"별건지 별게 아닌지 누가 판단하나요? 저는 이번 일이 가정에서 일어나는 차별과 폭력이라고 생각해요."

"차별? 폭력? 동서라고 부르는 게 폭력이라고?"

"지금 동서라는 호칭 하나만 얘기하는 게 아니잖아요. 그것보다 더 큰 문제는 저를 두고 아랫사람이니 낮은 위치니 떠들어대는 거 아니겠어요?"

"떠들어? 지금 여기서 너만큼 많이 떠드는 사람이 어디 있냐. 어디 나와보라고 해. 네가 친구들이니 회사 사람들이니 여기저기 다 말하고 다녀서 이렇게 된 거 아니냐."

"지금 제가 말하는 게 문제라고 하시는 거예요?"

"이렇게 얘기가 자꾸 나오면 싸움이 생긴다고. 애초에 내가 두현이한테 전화를 바꿔주지 말았어야 했는데…. 대체 이게 무슨 꼴이야. 걔들, 우리한테 일절 연락도 없다가 이번에 인사한다고 찾아와서 한 번 봤어. 전에 백일잔치 때 보고 이게 처음이라고. 너 때문에 손자도 못 보고 이게 뭐냐."

나는 두현 아버지의 말을 들으며 허탈한 기분을 느꼈다.
대체 우리는 지금까지 무슨 얘기를 나눴던 걸까?

"그렇게 생각하시면 제가 드릴 말은 없네요."

"윗사람 아랫사람이 문제라면 내가 제일 아랫사람 할게.
그러면 된 거 아니야…."

"지금 제가 윗사람 하고 싶어서 이러는 줄 아세요? 제가
겪고 있는 일이 차별이고 폭력이기 때문에 이러는 거잖아요."

"차별이고 폭력이라…. 나는 도무지 네가 하는 말이 보통
사람이 하는 말로 안 들려. 너 운동권이냐?"

"네? 그게 뭐가 중요해요?"

"나한테는 중요해. 말해봐라."

"자꾸 얘기를 돌리시는 것 같은데, 다시 한 번 말할게요.
윗사람 아랫사람이라고 서열을 강요하는 것, 한 사람이 뭔가를
불편하다고 말했을 때 무시해도 된다고 생각하는 것, 낮은 위
치니 뭐니 막말하는 것, 이런 것 전부가 차별이고 폭력입니다."

"그래서, 네가 고소를 한다고 해서 얻는 게 뭔데? 네가 이
긴다는 보장이 있어?"

"이기고 지는 게 중요한가요? 고소하는 걸로 충분하죠."

"왜? 얻는 것도 없으면서 뭐하려고?"

"아랫사람이 아니라 사람이 되려고요."

"제발 그런 말 좀 하지 마라…. 호칭도 바뀔 때가 되면 알아서 바뀌겠지. 뭐든 자연스럽게 흘러가는 대로 놔두는 게 좋은 거야."

"저만 이 호칭을 문제라고 생각하는 줄 아세요? 수많은 사람이 문제라고 해요. 차별이라고 하고요. 왜 그런 목소리는 자연스러운 게 아니라고 생각하세요?"

"그런 소수의 사람들 때문에 여러 사람이 불편해야 해? 너때문에 이 난리가 나는 게 좋아?"

"저는 아랫사람이 아니라 사람이 되기 위해 싸울 겁니다."

두현의 아버지는 전화를 끊었다.

밤 12시쯤 잠자리에 들었을 때 재현에게서 전화가 왔다. 그는 당장 두현을 바꾸라며, 지금 자신의 장모님과 아내가 난리가 났다고 말했다. 두현이 전화기를 무음으로 바꿔놓고 자서 통화가 되지 않으니 내 쪽으로 전화를 건 것 같았다. 나는 대답했다.

"나랑 얘기해. 나도 입 있고 귀 있어. 당신만 있는 거 아니야."

"뭐? 당신? 지금 당신이라고 했어?"

"기분 나쁘세요? 저한테는 괘씸죄니 낮은 위치니 별별 소리를 다 하면서 고작 당신이라는 호칭도 받아들이기 힘드세요?"

재현은 소리쳤다.

"당신 결혼했어, 안 했어? 결혼했으면 당신은 내 아랫사람이야! 내가 이 집의 큰 사람으로서 말하는 거야!"

나는 큰 소리로 웃었다. 대체 재현과 수진이 생각하는 '윗사람'은 뭘까? 돈이 걸린 것도 아니고, 그들의 말처럼 나에게 일을 시킬 것도 아니라면, 왜 '윗사람'이 되기를 고집하는 걸까? 위와 아래가 아닌 다른 인간관계는 도무지 상상할 수가 없는 걸까? 재현은 계속 말했다.

"내 말이 우스워? 잘 들어. 나는 당신한테 사과할 수도 있어. 알아? 사과할 수도 있다고! 그러려면 당신이 먼저 아랫사람이라는 걸 받아들여야 한다고. 당신이 그걸 모르니까 지금 내가 가르쳐주는 거잖아…. 나는 말이지, 우리 유빈이한테 작은엄마 만들어주고 싶었어. 작은엄마도 있고 작은아빠도 있었음 했다고…."

나는 넌더리를 내며 전화를 끊었다. 잠자리에 누워 있자니 '작은엄마'라는 재현의 말이 귓가에 맴돌았다. 호칭 자체가 거북한 것은 둘째치고, 재현이 나에게 기대했던 역할이 무엇인지 생각하자 숨이 막혔다. 결혼을 한다는 것은 곧 가부장의 질서를 승인하는 것일까? 절이 싫으면 중이 떠나는 방법밖에 없는 걸까?

어수선한 밤이 지나가고 아침이 밝았다. 출근길에 휴대전화가 울렸다. 두현 아버지의 메시지였다.

"어제 잘 잤니? 나는 밤을 지새웠다. 새벽까지 큰애의 울부짖음과 비명을 듣다보니…. 너도 힘들었겠지만, 어젯밤 창에 가슴이 찔린 사람이 여덟이나 된단다. 큰애와 처, 어린아이와 뱃속의 아이, 마침 저녁때 큰애 집에 들렀던 장모님, 장인어른, 나와 집사람…. 아! 우리 모두 교양인으로서 자숙의 시간을 갖자꾸나."

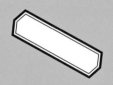

내가 얻고 싶은 것은 한 인간으로서의
동등한 대우일 뿐이었는데

가족은
사회의 성역일까?

두현 아버지의 메시지는 계속 이어졌다.

"저번에 민정이가 괴로워할 땐 집사람과 둘이 있어서 덜했는데 어제는 나도 무척 괴로웠다. 집사람도 아마 제주에서 뒤척였겠지. 어젯밤 통화 중 마음이 격해져서 제멋대로 쏟아놓은 말들이 기억이 잘 안 나면서도 몹시 후회되고 미안하구나. 너는 냉정함을 잘 유지하고 있었다고 기억한다. 무서운 사람이라는 생각이 든다…. 일을 키우면 일이 늘어나고, 일을 줄이면 일이 없어진다고 하는데, 너무 문제를 키워온 게 아닐까?

나도 호칭 개정 운동에는 동의하지만 이렇게 주변의 가까운 관계들을 해친다는 점을 생각할 때, 적절한 변경 용어가 표준어로 정해질 때까지 좀 기다려주지 않겠니. 하나를 얻기 위해 여러 가지를 잃지 않도록…. 타법이 느려서 밤새 썼다가 보낸다."

내가 얻고 싶은 것은 한 인간으로서의 동등한 대우일 뿐이었는데, 어째서 그것을 얻으려면 여러 가지를 잃을 거라는 경고를 듣게 되는 것일까.

지금까지 두현의 아버지에게 중요했던 것은 자신과 재현의 평온함뿐이었다는 생각이 들었다. 두현의 아버지에게는 오직 그것만이 중요할 뿐, 지금의 상황이 왜 벌어진 것인지 이해해보려는 의지는 조금도 없었구나. 어쩌면 그것은 시아버지라는 자리에서는 불가능한 일인지도 몰랐다. 두현의 아버지와 재현은 닮은 점이 많았다. 아마 그들은 가족 안에서 무언가를 필사적으로 이해하려 하지 않아도 아무 문제 없이 살아올 수 있었을 것이다. '일을 키우지 않으면 일이 없어진다'며 모르는 척하고 있으면 자신을 둘러싼 갈등은 어느덧 잠잠해지고, 그들은 다시 자신의 편안함 속에 틀어박힐 수 있었을 것이다.

나는 두현 아버지의 이기적인 사고방식에 화가 나면서도, 한편으로는 밤새 문자를 썼다는 말에 연민을 느꼈다.

"심려 끼쳐드려서 죄송합니다. 어젯밤 왜 아버님께 전화를 드렸는지 돌이켜보면, 결국 답답한 마음 때문이었어요. 저 역시 화가 나 있어서 무례했던 부분이 많았습니다. 지금 제가 두현이 형과 부딪치는 지점은 호칭만이 아니라 서열이라는 문제 자체예요. 어젯밤에도 두현이 형이 전화를 걸어 와서 결혼했으면 당신은 내 아랫사람이라고, 이 집의 큰 사람으로서 말하는

거라기에 웃어버렸습니다. 남에게는 한밤중에 전화를 걸어 위계를 받아들이라고 소리치면서, 동시에 자신의 가정이 평화롭기를 바라다니 이상한 일입니다."

"미안하다. 그렇게 얘기하면 안 되는데. 내가 주의를 주고 근본적인 해결책을 강구해볼게."

오전 내내 재현은 두현에게 전화를 걸었다. 두현이 모르는 척 받지 않자, '뭐라 안 할 테니 전화를 받으라'는 문자메시지가 연이어 날아왔다. 점심시간이 됐을 때 재현은 결국 나에게 직접 전화를 걸었다.

"여보세요."

"안녕하세요, 제수씨. 저 재현입니다. 제가 이렇게 전화를 드린 이유는… 사과를 하고 싶어서입니다. 이제까지 제가 한 말 때문에 제수씨가 상처 받으신 부분이 있다면 죄송합니다. 저는 제수씨를 저보다 낮은 사람이라든지 그런 식으로 생각해본 적 없어요."

"네, 사과 잘 받겠습니다."

"아무래도 우리가 서로 잘 모르다보니 오해가 있었던 것 같아요. 저희 쪽에서 생각할 때는 제수씨가 일방적으로 저희에게 호칭을 강요하니까…."

"제가 처음에 호칭 얘기를 시작할 때 두 사람의 의견을 얘기해달라고, 경청하겠다고 말했을 텐데요?"

"저희에겐 그런 게 강요로 느껴진 거죠. 대답을 안 하면 거절이라고 이해할 거라 생각했는데…. 또 전에 두현이가 사과한다고 우리한테 문자를 보냈을 때도, 호칭에 대한 얘기를 우리에게 다시 설명하려 드니까 왜 싫다는 사람에게 계속 얘기를 꺼내나, 이런 생각이 든 거죠."

"그럼 박재현 씨는 제가 어떻게 해야 했다고 생각하세요? 두 사람이 저에게 불편함을 참으라고 할 수는 없는 거예요."

"그것에 대해서는 전에 두현이한테 많이 말했어요. 저는 사실 두현이랑 제가 잘 얘기하고 있다고 생각했는데…. 그때 두현이가 해명한다고 문자를 보냈을 때, 이전까지는 얘기가 잘되고 있었는데 두현이가 완전히 제수씨 편으로 돌아선 것 같아서 화가 난 거죠. 우리를 배신했구나…."

말문이 막혔다. 호칭 문제에서 '편 가르기'라는 관점을 떠날 수 없는지는 차치하고라도, 어째서 두현이 배우자가 아닌 형 부부의 편에 설 거라고 생각했는지 이유를 알 수 없었다. 서로를 이해하며 호칭 문제에 합의점을 찾아보려 했던 두현의 태도가, 재현에게는 실수를 수습하고 변명하는 것으로 보였던 걸까?

일전에 백일잔치 이후 두현은 말했다. 형은 얼마든지 내 제안을 받아들일 사람인데 형수님이 문제라고. 재현도 마찬가지로, 동생은 내 말을 잘 듣는데 제수씨가 문제라고 생각했던 모양이었다. 그런 의미에서 형제의 사고방식은 거울에 비친 것처럼 똑같았다. 이 두 사람이 얼마나 서로를 '악녀 같은 아내에게 휘둘리는 결백한 남편'이라고 생각했는지 깨닫자 헛웃음이 나왔다. 재현은 계속 말했다.

"제수씨도 앞으로 무슨 일이 있을 때면 이렇게 공식적으로 얘기를 꺼내는 것보다 저한테만 살짝 말씀하셨으면…."

"제가 듣기에는 배우자를 좀 바보 취급하시는 것 같네요. 저랑 박두현, 박재현 씨 셋만 얘기하는 건 한 사람을 따돌리는 일 아닌가요?"

"아무튼 제 와이프는 이런 얘기를 이해 못 해요. 제수씨는 어떤지 모르지만, 와이프 집은 대가족이에요. 모임도 자주 있고 그러다보니까 질서가 잡혀야 돌아가거든요. 윗사람, 아랫사람 딱딱 나눠지는 식으로…. 그래서 제가 부모님한테도 좀 나서서 정리해달라고 했는데, 제수씨 편만 드니까 저희 쪽에서는 서운했던 거죠."

"어떤 정리를 바란 건지 모르겠지만, 저는 시부모님이 제 윗사람이라고 생각 안 해요. 시부모님은 저랑 친한 사람, 나이가 많은 사람일 뿐이죠. 노인에 대한 배려를 받을 수는 있지만, 부당한 일을 저에게 시킬 권리는 없죠."

"그렇지만…. 제수씨한테 저희를 윗사람이라고 떠받들라는 게 아니라, 사회의 법칙이라는 게 있잖아요. 교과서에도 그렇게 나와 있고요. 가계도를 보면 아버지 밑에 형이 있고, 그 밑에 동생이 있고…."

"가계도에서 형하고 동생은 나란히 있죠."

"아무튼 저는 교과서에 나온 대로 얘기했을 뿐이에요. 저희가 윗사람 노릇을 하겠다는 게 아니고요. 제수씨는 저희보다 그런 부분에 예민하니까 오해가 있었던 것 같은데, 제 와이프가 보수적인 사람이라는 걸 이해를 좀 해주시면 좋겠어요. 전에 두현이는 우리가 먼저 바뀌어야 사회가 바뀐다고 하던데…."

"저도 그렇게 생각해요."

"저는 반대로 생각하거든요. 그리고 사회가 바뀐다고 해도 가족끼리는 조심스러운 부분이 있는 거죠. 처음에 호칭 얘기가 나왔을 때부터 이거 까딱하면 큰일나겠다 생각했어요. 그런데 제가 예상했던 것 중 최악의 결과가 그대로 벌어진 거예요. 제가 바라는 건 이제 서로 좀 시간을 가졌으면 하는 것뿐입니다."

"서로 건드리지 않는다면 얘기가 나올 필요가 없겠죠."

"그렇죠. 건드리지 않는다면."

"호칭은 바꾸는 거고요."

"네…. 사실 이 얘기가 나온 지 여러 달 됐잖아요. 저는 솔직히 지쳤어요. 앞으로 친하게 지내자고는 못 하겠고, 더는 큰 싸움 없이 조용하게만 지냈으면 합니다."

"우리가 원래 친한 사이는 아니었잖아요? 그래도 이번 일로 서로가 어떤 사람인지 알게 됐다고 생각해요. 사과 감사합니다."

"네, 그럼 들어가보겠습니다."

전화를 끊고 '사회가 바뀐다고 해도 가족끼리는 조심스러운 부분이 있다'는 말에 대해 생각했다. 재현은 왜 가족을 사회와 분리된 성역처럼 이야기하는 걸까? 아마 그는 그 성역 안에서 보호받는 존재와 그렇지 못한 존재를 직관적으로 파악하고 있을 것이다. 그 때문에 성역 바깥에서 만난 사람에게는 할 수 없는 말과 행동을 안에서는 얼마든지 할 수 있으며, 그것을 자신의 권리라고 생각했을 것이다.

주말에는 두현의 부모님이 찾아왔다. 두현의 아버지는 자신이 했던 이야기를 용서해달라고 말했다. 그리고 아들들을 잘못 키워서 면목이 없다고 덧붙였다.

"이번 일을 돌이켜보면, 제일 큰 문제가 내 안이함 때문이었던 것 같아. 나는 무사안일주의랄까… 그저 하루하루가 무사하면 그뿐이라 생각하고 사니까. 괜히 여러 소리 하지 말고 덮어두자고 생각했는데, 그게 너를 섭섭하게 했겠다 싶다."

두현의 어머니는 자신이 두현의 아버지를 혼냈으니 기분을 풀라며 나를 다독였다. 그날 우리들은 두현 아버지의 제안으로 드라이브를 하러 갔다. 맑은 날씨였다. 자동차는 강변북로를 달렸다. 한강의 수면 위로 햇빛이 반짝였다. 두현의 어머니는 창밖을 보며 말했다.

"나는 이런 풍경을 보면 참 아름답다는 생각이 드는데…. 너희들도 좋은 것만 보고 살아. 남을 바꾸려고 해봤자 나만 괴로운 거야. 항상 주어진 것에 감사하다고 생각하면서…."

언젠가 두현의 아버지가 했던 말을 두현의 어머니가 되풀이하고 있었다. 같은 말이지만 나에게는 그 의미가 다르게 들렸다. 두현의 부모님이 똑같이 '가정의 평화'를 이야기해도, 자신의 인내를 전제로 하는 것은 두현의 어머니뿐이었다. 두현의 어머니는 그것을 삶의 지혜라고 생각했고, 나에게도 그 지혜를 전해주고 싶어 했다.

두현의 아버지는 농담조로 원래 선지자는 괴로운 거라고, 우리 집안에 예수 같은 며느리가 들어왔다며 껄껄 웃었다. 자동차 뒷자리에 앉아 두현 부모님의 이야기를 듣고 있자니, 다행이라는 생각이 들었다. 처음 호칭을 바꾸자고 했을 때부터 지금까지, 내가 가장 걱정하고 두려워했던 일은 나 자신이 분노를 잃어버리는 것이었다. 두현의 형 부부나 두현의 부모님에게서 사과를 받고 나면 이 싸움이 끝나버리는 게 아닐까. 작은 소동처럼, 별난 에피소드처럼. 나조차 내 상처에서 눈을 돌린다면, 누가 내 경험에 의미를 부여해줄 수 있을까.

– 최근에 가장 자주 느낀 감정은 무엇인가요?

한창 호칭 싸움을 전개하던 시기, 한 인터넷 사이트에 접속했다가 이런 질문을 봤다. 나는 곰곰이 생각하다가 두 가지 답을 떠올렸다. 분노와 호기심. 나에게는 이 두 가지가 동전의 앞뒷면과 다르지 않은 감정이었다.

나는 너무 화가 났고, 그랬기에 알고 싶었다. 왜 재현과 수진은 내가 이름에 '님'자를 붙이자고 제안한 것을 공격으로 받아들이는 걸까? 왜 그들은 나를 자신들의 아랫사람이라고 말하는 걸까? 왜 결혼했다는 이유만으로 나는 이런 위계 구도에서 사람들과 만나야 하는 걸까? 답을 얻으려고 움직이다보니 더 많은 질문과 마주쳤다. 가정의 평화는 무엇이고, 가족의 질서는 무엇인지. 그 밑에는 어떤 사람들의 이야기와 비명이 잠겨 있는지. '정상 가족'은 이 소리에 귀를 막은 채 그 체계를 유지하고 있지는 않은지.

나는 오래전부터 하루를 시작할 때마다 기도하는 습관이 있었다. 특정한 신을 믿지는 않지만 막연하게 누군가를 가정하고, 내가 품고 있는 바람을 마음속으로 이야기하는 식이었다. 나는 출근길을 걸어가며 자주 되뇌었다. 재현과 수진이 고집을 꺾지 않기를. 자신의 사고방식을 바꾸지 않기를. 그들이 버틸 대로 버티면서 나에게 더 많은 질문을 가져다주기를. 만약 기필코 그들을 바꾸어야 한다고 생각했다면 내가 먼저 소진되었을 것이다. 나는 이 싸움을 통해 한국 사회의 환부를 들여다볼 기회를 얻은 것이라 생각했다. 그리고 내가 개인에 대한 미움에 사로잡혀 진짜 싸움의 대상에서 눈을 돌리게 되지 않기를 바랐다. 내 분노의 대상은 시가 구성원들을 이렇게 대결 구도로 몰아넣는 한국 가족의 질서 그 자체였다. 가부장의 질서. 위계와 서열이라는 야만.

시가 구성원들이 모두 사과를 한 뒤에도, 나는 내 안에서 똑같은 강도로 끓어오르는 분노를 느낄 수 있었다. 그것이 나를 나아가게 한다는 것을 알고 있었다. 나는 이 힘을 잘 다루고 싶었고, 싸움의 기술을 배우고 싶었다. 가부장제의 기만적인 평화를 부숴버릴 목소리를 가지고 싶었다. 자동차 거울에 우리들의 모습이 비쳤다. 바로 이 자리가 내 싸움의 출발점이었다.

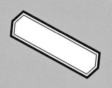

이토록 울퉁불퉁한 지형 위에서
너와 내가 사랑하는 것이 어떻게 가능할까

우리가 어떻게
사랑할 수 있을까

재현은 나에게 사과를 하고 며칠 뒤에 '박가네' 대화방에서 나갔다. 두현의 아버지가 단체 대화방을 없애라고 했다는 이야기가 두현을 통해 들려왔다. 나는 두현의 아버지가 생각한 '근본적인 해결책'이 이것이었나 생각하며 씁쓸하게 웃었다. 두현의 아버지는 '자꾸 얘기가 오가니까 서로 감정이 상해서 싸움이 커졌다'는 생각에서 끝내 더 나아가지 못한 것 같았다.

재현이 '박가네' 대화방을 만들었을 때 나는 두현에게 말했다. 대화방의 이름이 좀 이상한 것 같아. 어머니랑 두 아들이 있는 대화방인데, 어머니는 박씨가 아니잖아? 두현은 이제까지는 의식하지 못했다고 말했다. 그럼 어떤 이름이 좋을 것 같아? 두현의 질문에 나는 잠깐 생각하다가 대답했다.

"무지개 가족."

두현은 웃음을 터뜨렸다. 나는 유치하게 들릴지 몰라도 '박가네'보다는 훨씬 나은 이름이라고 강조했다. 가족은 여러 사람이 어우러져서 만드는 거잖아? 여자가 남자 성씨네 집으로 들어가는 게 아니란 말이야.

　재현에게 사과를 받고 나서, 난 이 대화방의 이름을 바꾸면 어떨까 생각했었다. 애석하게도 두현 아버지의 말에 따라 '박가네' 대화방이 사라지면서, 가족 문화의 변화를 상징하는 퍼포먼스는 실행되지 못했지만 말이다.

　한동안 우리 부부와 두현의 부모님은 아무 일 없다는 듯 만났다. 두현의 어머니는 두현에게 슬쩍 물었다. 민정이가 계속 재현이를 고소하려고 생각하고 있니? 두현이 아니라고 대답한 이후, 우리 사이에 수진과 재현에 대한 얘기는 더 이상 나오지 않았다.

　나는 전과 다름없이 두현의 부모님을 대하려고 했지만, 그것은 말처럼 쉽지 않았다. 한번 어긋난 관계의 틈으로 전에는 보이지 않았던 것들이 자꾸 눈에 들어오기 시작했다. 만약 호칭 싸움을 겪기 전이었다면, 내가 짧게 자른 머리에 두현의 셔츠를 입고 나갔을 때 두현의 어머니가 농담처럼 건넨 "다음엔 예쁘게 하고 와라"하는 말을 무심코 넘겼을지도 모른다. 대형 마트에서 함께 밥을 먹을 때 두현의 어머니가 일회용 식기를 보면서 "너희들도 환경 운동 같은 걸 해보지그래?"라고 말하는 것을 흘려들었을지 모른다. 그 말 앞에 무엇이 생략된 건지 곰곰이 생각하지 않았을지도 모른다.

　내가 두현 부모님과의 관계에서 너무 많은 기대를 품었던 걸까? 여전히 두현의 부모님을 보면 반가웠지만, 돌아설 때마다 전처럼 마음이 훈훈하지 않았다. 시가와의 관계는 '좋은 게 좋은 거'라고 생각하지 않으면 이어질 수 없는 걸까? 아무 것에도 눈을 감지 않겠다는 결심은, 모든 관계를 끊어내는 결과를 가져오게 되는 걸까?

아마 이 어긋남을 의식한 것이 나만은 아니었을 것이다. 두현의 부모님은 내가 약속을 미룬다거나, 연락을 받지 않는다거나, 문자메시지에 답을 짧게 한다며 서운함을 비쳤다. 내가 시가와의 관계에 휴지기를 가지고 싶다고 말했을 때 두현의 어머니는 대답했다.

"나는 지난날 민정이를 만나서 같이 공연도 보고, 선물도 주고받고, 이야기도 나누는 시간들이 참 좋았는데, 민정이는 아니었나보다…."

호칭을 둘러싼 싸움이 무엇 때문에 벌어졌는지 두현의 부모님이 인식하지 못하는 한, 우리의 대화는 서로에게 상처가 될 뿐이었다.

두현은 나에게 부모님의 입장을 생각해달라고 했다. 우리 부모님이 당신을 이해하려고 노력한 거 알지 않냐. 형을 고소한다는 말을 들었을 때 아버지도 부모 된 심정으로 참담했다고 하더라. 그 마음을 좀 알아주고 위로해주면 안 되냐…. 두현의 말을 듣고 나는 물었다.

"고소 얘기엔 참담했다면서 당신 형이 '박가네' 대화방에서 폭언을 늘어놓을 때는 다들 아무렇지 않았던 이유가 뭐야? 내가 고소라는 말을 입에 올리지 않았다면, 아버지가 문제를 해결해야겠다고 마음을 먹기나 했을까? 서열 꼭대기에 있는 아버지가 시키지 않았다면 형이 사과했을까? 당신과 결혼했다고 해서 내가 원래 낮은 위치라느니, 우리 집안을 우습게 봤다느니 하는 얘기를 묵묵히 듣고 있어야 하는 건 아니잖아. 내가 벽이 아니라 사람이라는 것을 일깨워줄 다른 방법이 있었는지, 안다면 당신이 말해봐."

두현은 자신의 부모님과 형이 사과했으니 다 끝난 일이 아니냐면서, 나에게 무엇을 더 바라느냐고 했다. 나는 계속 관계를 이어가고 싶다면 이번 일에 얽힌 사람들 모두가 사건의 원인을 정확하게 인식하고, 같은 일이 반복되지 않도록 대책을 세웠으면 한다고 말했다. 두현은 어떻게 그런 일이 가능하겠냐면서 깊은 한숨을 내쉬었다.

시가 구성원들과 나 사이의 해소되지 못한 갈등은 계속해서 여진을 일으켰다. 나는 퇴근해서 집에 들어서자마자 두현에게 벌컥 화를 내는 일이 잦아졌다.

"이 사회가 여성들에게 로맨스와 정상 가족 판타지를 얼마나 치밀하게 주입해왔는지 이제야 알겠어. 능력도 변변찮은 주제에 결혼 안 하고 어떻게 살 거냐고 닦달하던 엄마부터, 결혼해야 독립된 성인으로 봐주는 사회 분위기, 남자를 만나고 아이를 낳는 것이 인생에서 얻을 수 있는 가장 소중한 경험이라고 외치는 온갖 미디어들…. 내가 어렸을 때부터 텔레비전에서 나왔던 노래는 온통 짝을 찾아서 좋네, 짝을 잃어서 슬프네 하는 거였고, 동화책부터 할리우드 영화까지 여자 인생의 절정은 결혼식이라고 보여줘. 요새 내가 어떤 기분이냐 하면, 핀볼 게임기 안에 들어가 있는 구슬이 된 것 같아. 핑 하고 튕기면 아차 하는 사이에 결혼이라는 골로 떨어지는 거야. 당신이 이 기분을 알기나 해?"

"당신 형이 그딴 소리를 늘어놓을 때 당신이 가만히 듣고 있었던 것도 화가 나. 그러고 나서, 뭐라고? 그냥 형이 떼쓰는 걸로만 들려서 자기는 별로 화가 안 난다고? 그런 말 하는 형이나, 사과하라는 자기 부모님이나, 당신이나, 모두 가해자가 아닌 줄 알아? 다들 입장이야 있지. 그렇게 말하고 행동했던 이유도 알아. 그런데 결과적으로 모두가 바랐던 것이 똑같았

다는 점이 소름 끼쳐. 당신들 모두 내가 입 다물기를 원했다는
거 모를 줄 알아?"

　한번은 저녁에 집으로 들어가 우르르 분노를 쏟아내자 두
현이 울음을 터뜨렸다. 그는 말했다.

　"부모님이나 형도 내가 사랑하는 가족이니까, 나는 모두
가 상처 받지 않는 방법을 찾으려고 고민했던 것뿐이야. 내가
늘 자기를 지지했다는 거 알잖아…. 나는 자기 이야기 듣고 페
미니즘 공부도 하고, 컵도 돌리고, 피켓도 만들고, 시위도 따
라갔어. 회사 일 때문에 바쁘고 정신없는데 그랬다고. 오늘도
집안일 한다고 종일 끙끙댔는데…. 내가 이 모든 일을 누구를
위해서 한다고 생각해?"

　"나를 위해서 한다고? 하지 마. 그런 시혜적인 마음이라면
아무것도 하지 마. 이게 나만의 문제야? 지금까지 이 모든 걸
한 이유가 나를 돕기 위해서였어? 이건 내 일이 아니야. 너의
일이야. 사회의 차별 때문에 괴로워하는 한 인간 앞에서 네가
어떤 태도를 취할 것인지라는, 네 삶의 문제라고!"

　"나도 알아. 아는데… 나도 할 수 있는 만큼 했는데, 그래
도 내가 당신 삶을 착취하는 사람이고 가해자일 뿐이라면…
이제 나는 뭘 더 할 수 있는 거지?"

흐느끼는 두현 앞에서 나는 대답할 말을 찾을 수 없었다. 두현의 모습을 보고 있으니 고단함이 밀려왔다. 나는 이 사람이 나에 대해 품고 있는 애정을 약점이라 생각하는 걸까? 그것을 빌미 삼아 한 사람을 제멋대로 휘두르고 있는 걸까? 한국 사회의 여자와 남자라는 자리. 며느리와 사위라는 자리. 동서와 도련님이라는 자리. 그리고 팔짱을 끼고 서 있는 나와 바닥에 몸을 웅크린 채 울고 있는 너. 이토록 울퉁불퉁한 지형 위에서 너와 내가 사랑하는 것이 어떻게 가능할까.

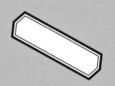

어째서 아랫사람 하나 못 다스려서
집안에서 큰소리가 나게 하냐

나 자신으로
살겠습니다

나중에 들은 이야기에 따르면, 재현은 부모님과 만나서 내 입장을 아주 이해하지 못하는 것은 아니라고 말했다. 자신도 수진 언니의 남편과 나이가 같은데, 그를 '형님'이라고 부른다는 것이었다. 결혼하고 얼마 후에 수진의 부모님이 온 가족을 모아놓고 호칭을 정리하면서 그렇게 부르라고 못을 박았다고 했다.

"나는 한단 말이야. 뒤에서 우리끼리 있을 때는 편하게 이름을 불러도, 처가 어른들 앞에서는 꼬박꼬박 '형님'이라고 한다고. 그런데 민정이는 왜…."

나는 호칭 얘기를 꺼낸 다음부터 재현이 줄곧 '앞/뒤', '공식적인 것/개인적인 것' 등으로 가족 집단에서의 의사소통 행위에 영역을 나누는 것을 들었다. 처가에서 이중적인 호칭 관계를 만든 것은 재현의 선택이지만, 왜 이런 방식을 나도 따라야 마땅하다고 생각하는지는 의문이었다. 재현이 처가에서 '형님' 호칭을 쓰는 것은 처부모님의 시선 때문이지만, 두현의 부모님은 우리가 서로를 뭐라고 부르든 알아서 하라고 했는데 왜 여기서도 '앞'과 '뒤'가 있어야 한다고 생각하는 걸까? 재현의 이런 분열증적인 태도는 자기 안에서 두 가지 사고방식이 충돌하기 때문일까? 수직적 위계를 중시하는 전통적인 가족관과, 개인의 존엄과 평등이 올바른 가치라고 배운 현대적 자아의 충돌.

재현은 얘기했다. 수진이가 이 집에서 '형님' 소리 못 듣는 걸 알면 처가 어른들이 어떻게 생각하겠냐. 기껏 시집보내놨더니 대접도 못 받고 산다고 생각하지 않겠느냐. 그리고 다른 친척들은 또 어떻게 보겠느냐. 공식적인 행사 자리에서 우리가 서로 이름에 '님'자를 붙여서 부르는 걸 보면 다들 이상하다고 생각하지 않겠느냐. 누가 물어보면 그걸 또 어떻게 설명해야 하냐. '형님', '아주버님' 소리 하는 게 뭐 그렇게 어렵다고 정상적으로 부르지 못하고 이렇게 일을 복잡하게 만드냐.

나는 두현을 통해 재현의 이야기를 전해 듣고 다시금 당혹감을 느꼈다. 상호 간에 부르는 호칭을 정하는 게 이렇게 많은 사람의 시선을 고려해야 하는 일이었나? 재현의 말을 듣고 있으면, 우리 모두가 '가족 서열'을 주제로 삼은 연극의 배우가 된 것 같았다.

뒤이어 재현이 호칭 문제 때문에 처가에 불려가 혼쭐이 났다는 이야기가 전해졌다. 두현은 아마 형의 처가에서 '어째서 아랫사람 하나 못 다스려 집안에서 큰소리가 나게 하냐'는 식으로 말이 나오지 않았겠냐고 짐작했다. 내가 듣고 부르는 호칭에 수진의 부모님이 어떤 권리를 가졌다는 건지 도저히 이해할 수 없었다. 수진이 부모님에게 하소연하면 수진의 부모님은 재현의 군기를 잡고, 재현은 나와 두현의 군기를 잡는 것. 이를 통해 온 집안의 기강이 바로 서는 것. 이것이 수진이나 수진 부모님의 바람일까?

수진의 부모님이 재현을 꾸짖었다는 것도 놀라웠지만, 더 놀랐던 것은 두현의 부모님과 수진의 부모님이 호칭 문제를 놓고 만났다는 소식을 들었을 때였다. 전해 들은 이야기에 따르면, 수진의 부모님은 두현의 부모님에게 '나라에서 호칭을 바꾸면 몰라도 어떻게 자기들끼리 마음대로 호칭을 정하냐'고 말했다고 한다. 그 밖에 더 어떤 이야기가 오갔는지는 알 수 없었다. 재현은 '힘들었다'는 짧은 말로 그 시간을 표현했다. 나는 두현에게 이야기를 전해 듣고 쓴웃음을 지었다.

"호칭 얘기를 하려면 단체 대화방이 아니라 호텔 연회장을 빌려서 해야 했나봐. 당신 부모님, 내 부모님, 수진의 부모님, 우리가 아는 일가친척 전부 초대해서 발표회를 열었어야 했는데 내 생각이 짧았어."

수진의 부모님이 사돈 간의 만남을 통해서 이루고자 했

던 목표가 무엇인지 나로서는 좀처럼 상상할 수 없었다. 수진과 재현은 양가 부모님의 만남이라는 어려운 일을 진행할 바에야 나와 직접 만나서 얘기하는 것이 낫다고는 생각하지 못했던 걸까?

재현은 두현에게 전화를 걸어 자신도 힘들다고 하소연했다. 두현의 말에 따르면 재현이 밤중에 전화로 윗사람이라고 소리친 것도, '박가네' 대화방에 막말을 올린 것도 수진에게 보여주기 위한 일종의 퍼포먼스였다는 것이다. 재현은 자기 가정을 지키고 싶었을 뿐이라며, 자신이 얼마나 힘든지 왜 몰라주냐고 두현을 원망했다. 사실 재현이 가정의 평화를 지킬 수 있는 방법은 간단했다. 그들 부부가 내 '윗사람'으로 인정받길 포기하는 것. 그러나 그들은 누구도 행복할 수 없는 이 구도에서 조금도 벗어나려 하지 않았다. 스스로 덮어쓴 그물 속에서 몸부림치는 재현을 도와줄 수 있는 사람은 없었다. 두현은 할 얘기가 있으면 나와 직접 하는 게 좋겠다고 말했다. 재현은 호칭에 대한 이야기가 더는 나오지 않았으면 한다며 힘없이 전화를 끊었다.

나와 두현, 두현의 부모님, 두현의 형 부부, 이렇게 세 집단은 한동안 서로를 피하며 살게 되었다. 재현과 수진은 양가 부모님의 만남 이후 두현의 부모님 대하기가 불편했는지, 아니면 더 이상의 갈등을 피하고 싶었기 때문인지 발길을 끊었다. 나 역시 두현의 부모님과 서서히 왕래를 멈췄다. 명절이 되면 두현은 홀로 부모님 댁에 갔다.

추석 무렵 두현의 어머니가 나와의 관계를 새로 시작하고 싶다고 말했다. 나는 두현에게서 이야기를 전해 듣고 어떻게 그것이 가능할지 생각해보았다. 서열 구조를 벗어나 한 개인으로 만나는 가족. 윗사람과 아랫사람이 아닌 수평적인 관계로 만나는 가족. 권력관계가 아니라 사랑의 관계로 만나는 가족. 우리에게는 한 번도 그런 매뉴얼이 주어진 적이 없으므로, 오랜 고민의 시간이 필요할 터였다.

마지막으로 시가 구성원 전부를 한곳에서 만난 자리는 두현 사촌동생의 결혼식이었다. 그날 두현은 회사에 일이 있어서 나 혼자 결혼식에 참석했다. 야외 결혼식장 입구는 하객들로 북적거렸다. 나는 방명록에 내 이름과 두현의 이름을 쓰고 축의금 봉투를 전했다. 한복을 입은 두현의 어머니가 나를 보고 반갑게 다가와, 재현과 수진도 와 있다며 귀띔했다. 재현과 전화로 싸운 다음 사과를 받은 지 얼마 지나지 않았던 시기였다.

나는 두현의 어머니가 이끄는 대로 신부 대기실을 찾아갔다. 두현의 사촌동생은 흰 천을 드리운 신부 대기실에 앉아 꽃을 들고 환하게 웃고 있었다. 사진을 찍고 돌아 나오는 길에 나는 두현의 형 부부와 마주쳤다. 수진은 유아차 손잡이를 잡고 주위를 두리번거렸다.

"안녕하세요."

내가 먼저 인사를 건네자 수진은 대답했다.

"네."

나는 수진의 굳은 얼굴을 보며 생각했다. 이 사람은 지금 무엇을 움켜잡고 있는 걸까? 무엇을 놓지 않으려고 힘을 주고 있기에 이토록 딱딱한 표정을 짓는 걸까? 두현의 어머니가 하객석의 앞줄로 나를 데려갔다. 어디선가 나타난 두현의 아버지는 재현과 수진을 뒷줄로 이끌었다.

하객석 앞줄엔 경조사에서 몇 번 만났던 낯익은 얼굴들이 있었다. 나는 두현의 할머니와 두현의 어머니 옆에 나란히 앉았다. 입장 음악이 울리자 신부와 신랑이 나란히 손을 잡고 걸어왔다. 주례 대신 신부의 어머니가 축사를 했다. 결혼식장이 너무 아름다워서 결혼 얘기가 나오기도 전에 예약부터 했었다는 농담. 두 사람의 앞날에 행복이 깃들기를 바란다는 축복의 말. 두현의 할머니는 연신 눈물을 훔쳤다. 두현의 어머니도 손수건을 눈가에 댔다. 나는 신부와 신랑을 바라보았다.

두 사람의 마음은 서로를 행복하게 해주고 싶다는 바람으로 가득 차 있으리라. 삶의 풍파를 함께 감당할 사람을 찾았다는 안도감, 내 삶을 나눌 이를 찾았다는 기쁨에 부풀어 있으리라. 나와 두현이 그랬듯이.

신부 어머니의 축사가 끝나자 신부와 신랑은 결혼 서약문을 낭독했다. 각자가 직접 쓴 결혼 생활에 대한 다짐이었다. 두현의 사촌동생은 마이크 앞에 서서 또박또박 읽어나갔다.

"나는 우리가 함께 걸어갈 나날 동안 언제까지나 당신을 진실하게 사랑할 것을 약속합니다. 나는 당신과 함께 웃고, 당신의 고민에 귀를 기울이는 가장 가까운 친구가 되겠습니다. 나의 어머니가 그러했고 당신의 어머니가 그러했듯이, 자상한 어머니로, 효성스러운 며느리로 살겠습니다. 항상 당신을 응원하는 든든한 아군으로, 당신이 기댈 수 있는 현명한 아내로, 그리고 나 자신으로 살겠습니다."

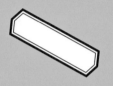

가장은 다른 가족 구성원들을
이해시킬 필요가 없었다

바깥세상의 상식과
논리가 통하지 않는 곳

가끔 내가 시가에서 겪은 일을 들으면 누군가는 이렇게 묻기도 한다.

"뭐가 문제야?"

나에게 시비를 걸려는 것이 아니라, 정말 천진하게 묻는 질문이다. 남편의 형은 윗사람 맞잖아? 남편 형이 어조가 격하긴 해도 틀린 말 하는 건 아닌 것 같은데? 며느리라고 막 '부리는' 집도 아닌 것 같은데, 그래도 이 정도면 괜찮은 '시댁' 아니야?

나는 그런 질문을 받을 때마다 내가 겪은 일을 설명할 알맞은 용어를 찾을 수 없어서 답답했다. 시집살이? 그 말은 직관적으로 생각해도 들어맞지 않았다. 실제로 인터넷 사전에서 '시집살이'를 찾아보면 이런 뜻이 나온다.

1. 결혼한 여자가 시집에서 살면서 살림을 함.

2. 남의 밑에서 감독이나 간섭을 받으면서 하는 고된 일을 비유적으로 이르는 말.

나는 시집에 살지도 않았고, 그곳에서 노동을 하지도 않았다. 두현의 부모님이 나와 두현이 꾸려가는 살림살이에 대해 간섭한 적도 없었다.

그렇다면 최근에 많은 사람이 입에 올리는 '시월드'라는 단어는 어떨까? 그 단어로는 내가 시가에서 겪은 일을 설명할 수 있을까?

내가 느낀 기묘함을 일부분 담고 있기는 하지만, 그 표현은 '시가' 자체를 이르는 말이라는 점에서 지나치게 막연하다. 또한 시가를 현실과 동떨어진 환상의 세계처럼 표현하면서, 그 세계 안에서 일어나는 일들에 면죄부를 주는 듯한 인상을 남기기도 한다.

"그곳에서는 원래 이상한 일이 일어나기 마련이야. 바깥세상의 상식과 논리가 통하지 않는 곳이잖아. 달리 '시월드'라고 부르겠어? 결혼한 여자들은 모두 겪는 일이야."

나는 이 단어 안에 있는 체념과 수용의 정서가 마음에 들지 않는다. 게다가 내가 시가에서 겪은 일은, '시월드' 서사의 대표적 등장인물인 시부모와 며느리 사이에서 벌어진 갈등도 아니다. 그렇다면 무엇이 문제일까? 내 괴로움을 표현할 수 있는 용어는 무엇일까? 나는 인터넷 사전의 단어를 클릭해본다. 시집살이, 시월드, 고부 갈등…. 나는 사전을 뒤지면서, 또 한 번 이렇게 단어를 찾을 수 없는 순간이 있었다는 것을 떠올린다.

중학교 2학년 때, 한 친구의 집에서 숙제를 한다고 예닐곱 명의 여자아이들이 모인 날이었다. 우리들은 친구의 방에서 문을 닫고, 반쯤은 숙제를 하고 반쯤은 놀면서 시간을 보냈다. 이런저런 이야기가 오가던 중 한 아이가 요즘 고민이 있다며 조심스럽게 말을 꺼냈다.

"아버지가 술만 마시면 엄마랑 나를 때려."

그 말을 듣고 나는 입을 열었다. 우리 아버지도 그런다고. 다른 친구가 말했다. 우리 아버지는 나랑 동생이 일요일에 늦잠을 자면 기합을 줘. 우리 오빠는 자기 기분이 나쁘면 주먹으로 나를 툭툭 쳐. 전에 오빠가 뺨을 때려서 벽에 부딪쳤던 적도 있어…. 우리들은 낮은 목소리로 털어놓았다. 너도 그렇구나. 너도 그랬구나. 놀랍게도 그 자리에 있던 한 명의 여자아이도 예외 없이 아버지나 오빠에게 맞아서 눈물 흘린 경험이 있었다. 심지어 아버지가 학교 선생님이었던 친구도 마찬가지였다. 학교에서 봤던 그 선생님은 조용하고 온화한 이미지였다.

그날 나는 이상한 기분으로 친구 집에서 나왔다. 아버지가 어머니를 때리는 일, 오빠가 여동생을 때리는 일은 어느 집에서나 일어나기 마련인 걸까? 이렇게 슬퍼하는 우리들이 너무 예민한 걸까? 혼란스러웠다. '손을 올린다'라거나 '손찌검한다' 등의 가벼운 어감 때문에, 나는 우리가 겪는 일을 심각한 것이라고 강하게 주장할 수 없었다. 어른들은 우리들에게 '굴러가는 낙엽만 봐도 웃을 나이'라고 말했다. 실제로 나와 친구들은 버스에서 깔깔거리며 웃다가 목소리 좀 낮추라고 어른들에게 종종 핀잔을 듣곤 했다. 그렇다면 우리들이 느끼는 아픔도 사춘기의 예민한 감수성 때문일지 몰랐다. 그게 아니라면 어른들이 어떻게 아무 일 없다는 듯 살아갈 수 있는지 설명이 되지 않았다. 나는 집으로 돌아가며 내가 사는 신도시의 풍경을 바라봤다. 도로는 반듯했고 작은 공원들이 아파트 단지 사이에 들어서 있었다. 페인트로 말끔하게 칠해진 아파트 외벽에는 저마다 '현대', '삼성', '대우' 등의 이름이 적혀 있었다. 어른들을 봐. 다들 잘 살아가잖아? 이런 건 아무 일도 아닌 거야···. 나는 걸어가며 생각했다.

돌이켜보면 내 기억을 믿을 수 없다는 기분에 빠진다. 이런 일은 나와 내 친구들만 겪은 특별한 경험일까? 아니면 1999년 경상남도의 한 도시에서 살아가던 중학생 여자아이들의 공통적인 경험일까? 그 자리에 있던 친구들이 거짓말을 했길 바란다. 서너 명은 분위기에 휩쓸려 기억을 꾸며냈기를. 단한 명이라도 거짓말을 했기를. 모든 여자아이가 그런 경험을 감당하며 살았다고 생각하면 아득하다. 어떻게 우리는 그런 가족 사이에서 살 수 있었던 걸까? 아버지와 오빠가 우리를 때릴 권리가 있다고 믿는 가족 사이에서.

몇 년 전 나는 할아버지의 장례식장에서 아버지의 친구라는 사람을 만나고 가벼운 충격을 받았다. 아버지에게도 친구가 있었구나. 나중에 어머니의 이야기를 들어보니, 아버지에게도 같은 동네에 살면서 자주 어울려 술을 마시는 친구가 몇 명 있다고 했다. 내 아버지가 친구들 앞에서 어떤 모습일지 도저히 상상할 수 없었다. 이야기도 하고 농담도 할까? 나와 내 친구들처럼?

아마 아버지는 아무리 술에 취해도 친구들을 두드려 패지는 않을 것이다. 친구들을 향해 의자를 집어 던지지도 않을 것이다. 자신의 말을 못 들었다고, 쭈그리고 앉아 있는 친구의 머리를 발로 걷어차지도 않을 것이다. 그랬다면 친구들이 지금까지 아버지와 어울려서 술을 마실 리가 없으니까. 그렇다면 왜 아버지는 친구들에게 하지 않는 일을 가족에게는 해도 된다고 생각했을까? 이 가족 집단에서는 자신이 우두머리라고 생각했기 때문일까? 그래서 다른 가족들의 몸과 마음에 대한 권리가 자신에게 있다고 믿었을까?

사전에서 '가장'이라는 단어를 검색하면 뜻풀이가 이렇게 나온다.

1. (기본 의미) 한집안의 생계를 책임지고 꾸려가는 사람.
2. 한 가족에서, 집안을 대표하는 남자 어른.
3. '남편'을 높여 이르는 말.

세 가지 뜻풀이 가운데 2번 밑에는 두 가지 예시문이 실려 있다.

첫 번째 예시문. '가장의 자리는 대개 장자長子에게 계승된다.' 나는 이 문장을 처음 봤을 때 내 배우자의 형인 재현이 떠올라 약간 웃음이 나왔다. 내가 자기 뜻대로 움직이지 않았을 때, '아빠가 나서는 게 베스트인데'라고 말하던 재현. 그는 정말로 이렇게 믿고 있는지 모른다. 믿고 있다는 것마저 의식하지 못할 정도로 확신할지 모른다.

두 번째 예시문은 이렇다. '예전에는 가장의 권위를 중심으로 한집안의 질서가 엄격히 유지되었다.' 이 글을 읽었을 때 나에게 가장 먼저 떠오른 것은 조용한 집이었다. 가장에게는 고요함으로, 다른 가족 구성원들에게는 무거운 침묵으로 다가올, 그런 정적에 싸인 집.

나와 아버지는 결코 이야기하는 법이 없었다. 가끔 아버지가 느닷없이 내 방문을 열 때가 있었다. 그럴 때 나는 아버지 쪽으로 고개를 돌리지 않았다. 아버지와 눈이 마주쳤을 때 내가 어떤 말을 해야 그의 기분을 거스르지 않는지 알 수 없었기 때문이다. 나는 책상 앞에 앉아서 뚫어지게 책을 바라봤다. 아버지는 방문 앞에 서서 말없이 나를 지켜봤다. 나는 이를 악물고 책에 시선을 고정했다. 아버지 역시 내가 자신의 시선을 느끼고 있다는 것을 알고 있었다. 두 사람 사이에 맹렬한 증오의 기운이 가스처럼 떠돌았다. 내가 아버지에게 고개를 돌리고 '무슨 일이에요?' 묻는 순간, 이 말이 도전장처럼 날아가 그의 심기를 뒤집어놓으리라는 것은 어렵지 않게 짐작할 수 있었다.

시간이 지나면 아버지는 문을 닫았다. 나는 큰 고비를 넘긴 사람처럼 한숨을 내쉬었다. 가끔 이런 시간이 지나가면, 아버지는 할머니에게 과일을 깎아서 내 방에 가져다주게 했다. 어머니의 어머니인 할머니는 그 말을 따랐다. 나는 사과를 입에 넣으면서, 이것이 무엇에 대한 보상인지 이해하려고 애썼다.

이것이 아버지가 생각하는 집안의 질서였을까? 모두가 자신의 심기를 살피며 눈치를 보는 것. 자신이 발산하는 무언의 기호들을 이해하기 위해 나머지 가족 구성원들이 신경을 곤두세우는 것. 이것이 가장인 아버지에게는 질서로 느껴졌을지 모르겠지만, 나에게는 해석할 수 없는 기호로 가득 찬 혼돈이었다. 이곳에서 말하고 명령하고 결정하는 것은 '위에서 아래'라는 방향으로만 가능했고, 질문은 허용되지 않았다. 왜 방문 앞에 서 있나요? 왜 말없이 나를 노려보고 있나요?

한번은 '사람을 왜 발로 차느냐'고 아버지에게 말했는데, 그날 밤 곧바로 보복이 돌아왔다. 술에 취한 아버지는 어떻게 자신에게 그런 말을 할 수 있냐며 내 멱살을 잡았다. 할머니가 앙상한 몸으로 아버지를 붙잡고 늘어지며 말했다.

"민정아, 잘못했다고 말해라. 아버지한테 잘못했다고 해."

가장은 다른 가족 구성원들을 이해시킬 필요가 없었다.

난해한 문제를 푸는 듯한 기분은 가족 안에서만 느끼는 것이 아니었다. 1990년대 내가 다니던 초등학교에서, 남자아이들은 늘 여자아이들을 때렸다. 초등학교 4학년 때 내 뒤에 앉던 두 남자아이가 떠오른다. 그들은 걸핏하면 내 팔다리를 툭툭 치고, 뽑기에서 나온 엄지손가락만 한 전기 충격기를 나에게 갖다 댔다. 괴롭힘이 계속되면서 학교 가는 게 싫어졌지만, 나는 이런 일을 누구에게 일러바쳐야 하는지 판단할 수 없었다. 여자아이들이 남자아이에게 괴롭힘을 당하는 것은 너무나 흔한 일이었기 때문이다. 견디다 못해 수업이 끝난 다음 담임선생님을 찾아가 자리를 바꿔달라고 말했을 때, 그 남자 선생님은 귀찮다는 표정으로 파리 쫓듯이 손을 저었다. 나는 이 '자리'라는 운명을 묵묵히 받아들일 수밖에 없다고 자신을 타일렀다.

그래도 당시 생활보호 대상자였던 '특수반' 여자아이가 당하는 것에 비하면 나는 아무것도 아니었다. 나는 때때로 그 여자아이가 서너 명의 남자아이들 앞에 쓰러져 발로 밟히는 모습을 봤다. 누구도 그것을 말리는 사람은 없었다. 같은 여자아이들도 마찬가지였다. 한 친구는 그 모습을 흘낏 쳐다보고 내 옆으로 다가와서 속삭였다.

"맞는 거 보니까 속이 다 시원하네."

그동안 이 친구가 남자아이에게 맞고 우는 모습을 몇 번이나 보았기 때문에 나는 더 혼란스러웠다. 힘이 센 사람이 약한 사람을 때리는 것은 당연한 일인가, 아닌가? 초등학교 남자아이들은 자기들끼리도 주먹질을 했고, 한 남자아이

를 우두머리로 꼽았다. 남자아이들은 다 함께 어울려 놀면서
도 우두머리의 눈치를 살폈다. 인간이 서열을 만드는 것은 자
연스러운 일인가, 아닌가? 강자와 약자로 나누어지는 것은 순
리인가, 아닌가? 나는 이 문제들에 답을 할 수 없었다. 누구도
초등학생인 우리들에게 답을 가르쳐주지 않았다.

어느 날 집으로 돌아가는 길에 내 뒷자리 남자아이들과
마주쳤다. 두 아이는 나를 쫓아와서 주먹을 휘둘렀다. 엉엉
울면서 집으로 들어갔을 때, 마침 집에 있던 어머니가 그 모
습을 보고 학교에 전화를 걸었다. 다음 날 학교에서 담임선생
님은 두 남자아이를 교실 앞으로 불러냈다. 그러고는 두 아이
에게 '엎드려뻗쳐' 자세를 시킨 다음 발로 걷어차기 시작했다.

**"야, 이 새끼들, 애를 얼마나 때렸으면 부모한테서 전화가
다 와!"**

슬리퍼를 신은 선생님의 발이 위아래로 움직였다. 두 남
자아이는 바닥에 쓰러져 있다가 한참 만에 절뚝거리면서 일
어났다. 몇 주 동안 두 남자아이는 나를 괴롭히지 않았고, 그
보다 더 시간이 지난 후에는 모든 일이 그대로 반복됐다. 나
는 학교를 졸업하려면 몇 년이 남았는지 손가락으로 세어보곤
했다. 초등학교를 졸업하고, 중학교와 고등학교를 졸업하고,

이 도시를 떠나고 이 가족을 떠나려면 몇 년을 더 참고 견뎌야 하는지.

국가기록원의 자료에 따르면 정부는 1995년에 학교 폭력 근절 종합 대책을 발표했고, 2004년에 학교 폭력의 예방 및 대책에 관한 법률을 시행했다. 내 기억으로는 내가 중학교에 다니던 1999년에 학교 폭력을 다룬 드라마가 큰 인기를 끌면서, 이 주제가 시사 프로그램에 자주 등장하기 시작했다. 우리가 교실에서 벌어진 일들을 '학교 폭력'이라고 인식하기까지는 시간이 필요했다.

가끔 고향 친구들의 소식을 듣는다. 많은 친구들이 태어난 곳에 그대로 살고 있다. 고등학교를 졸업한 다음 몇 명은 대학에 갔고, 몇 명은 가지 않았다. 대부분 같은 지역의 남자와 결혼을 했고, 이제는 구도심이 되어버린 신도시의 아파트에 신혼집을 얻었다. 나는 몇 해 전 고향에 갔다가 한 친구를 만났다. 그 친구는 결혼 생활이 고민이라면서, 남편이 자신과 아이들 앞에서 '공포 분위기'를 조성하기 때문이라고 털어놓았다.

내 이야기를 듣고 뭐가 문제인지 묻는 사람에게, 나는 여전히 대답할 말을 찾을 수 없다. 결혼을 통해 가족 관계로 편입된 여자를 시가 구성원들이 자신의 '아랫사람'으로 인식하는 현상에 어떤 이름을 붙여야 할까? 결혼한 여자들이 이 위계 속에서 모멸감과 소외감을 느끼는 현상을 뭐라고 불러야 할까? 한 여자에게는 무례하다는 이유로 허용되지 않는 말과 행동이, 그 여자의 시가 구성원들에게는 허용될 뿐 아니라 권리처럼 여겨지는 이 현상을 가리킬 용어는 없는 걸까?

숙제를 하려고 친구 집에 모여서 이야기를 나눴을 때, 우리는 아버지나 오빠의 행동을 '가정 폭력'이라고 부르지 않았다. 우리에게 그것을 폭력이라고 가르쳐준 사람은 없었다. 나의 할머니는 아버지가 술에 취해 물건을 부수거나 가족을 때리는 행동을 '쿠세'라는 일본어로 표현했다. '쿠세'의 뜻은 '버릇'이었다.

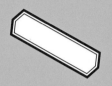

그러니까
문제는 구조였어

젊음의
권력

2018년 가을 무렵 한국여성민우회의 누리집에 〈가족 호칭 개선 투쟁기〉라는 에세이를 연재하게 되었다. 시가에 호칭을 바꿔보자고 말했다가 벌어진 일을 담은 자전적인 글이었다. 나는 글의 내용을 정리하면서 두현에게 물었다.

"처음에 자기는 왜 내가 자기 형의 말을 듣고 화를 내는지도 이해를 못 했잖아. 그런데 어떻게 나랑 같이 싸워야겠다는 생각이 들었어?"

두현은 잠깐 생각하다 말했다.

"가족 호칭이 문제라는 자기 생각에는 처음부터 동의했어. 내가 생각해도 불합리했으니까 자기의 주장에 힘을 보태고 싶었지. 다만 나는 남자니까, 그런 차별이 강하게 와닿지는 않았어. 그래서 자기가 왜 이렇게까지 크게 분노하는지는 이해가 잘 안 됐던 거고."

두현과 이야기하면서 나를 늘 외롭게 했던 것은 그 거리 감이었다. 차별받는 당사자가 아닌 두현이 내 감정을 이해해 주는 것만으로도 만족해야 하는지, 아니면 그의 한계를 탓해 야 하는지 늘 알 수 없었다. 나는 두현이 이 거리를 뛰어넘어 서 나에게 다가오길 바랐다.

"그러다가 싸움이 점점 커지니까 솔직히 이런 생각이 들더라. 자기 생각이 아무리 옳아도 꼭 이렇게까지 모든 걸 뒤흔들어야 하나, 이렇게까지 가족들을 힘들게 해야 하나…. 내가 생각했을 때 나와 우리 부모님 정도라면 굉장히 깨어 있는 사람들이고, 자기를 나쁘게 대하지도 않았으니까."

"지금도 그렇게 생각해?"

"아니. 그렇게 안이하게 생각하다가 자기랑 계속 얘기하고 싸우면서 깨달았잖아? 그래도 자기한테 우리 가족 전부가 가해자라는 말을 들었을 땐 너무 힘들었어. 그때 너무 괴로워서 자기 앞에서 울었잖아. 나는 호소하고 싶었던 거야. 왜 나와 부모님의 마음을 몰라주는지. 왜 우리를 이렇게 혹독하게 비판하는지. 나와 부모님은 자기를 이해하려고 노력하는데, 이 불평등한 구조에서 그런 마음을 내는 것도 얼마나 드문 일인데….

그렇게 한참 울다보니까 궁금증이 들었어. 이 사람은 대체 무슨 이유로 나를 힘들게 하는 걸까? 나와 내 부모님, 심지어 자기 자신까지도 이렇게 아프게 하면서 이 사람이 우리에게 하려는 말은 뭘까? 그러다가 깨달은 거야. 아, 감정이 문제가 아니구나. 문제는 구조였구나.

그러니까 이런 거야. 한 나라가 있다고 생각해봐. 그 나라에서는 같은 값에 남자에게는 고기 200그램을 주고, 여자에게는 100그램을 주도록 법으로 정해져 있어. 그런데 나는 착한 고깃집 주인이라서 여자들에게 몰래 고기를 조금씩 더 챙겨줘. 가난하거나 아이가 있으면 200그램을 다 줄 때도 있고.

그런데 어느 날 이 법을 바꾸자는 운동이 일어나면서, 지금까지의 내 행동이 잘못된 거라고 여자들이 따진단 말이야. 고기 양을 여자와 남자한테 다르게 주는 것은 나쁘다. 당신은 잘못된 행동을 했다. 그런 얘기를 들으면 억울하지. 나는 정해진 대로 따랐을 뿐인데, 내가 깨어 있는 사람이 아니었다면 여자들에게 조금씩 더 챙겨주지도 않았을 텐데, 나는 불이익을 감수하기까지 했는데…. 어떻게 나한테 잘못했다고 할 수 있지? 나한테 고맙지도 않나? 왜 이렇게 내 마음을 몰라주지?

나는 자기에게도 이런 식으로 생각했어. 나와 부모님은 자기를 이해한다고, 그것도 대단한 거라고…. 그런데 그런 마음은 이 상황에서 전혀 중요하지 않은 거야. 고기를 적게 줘서 생긴 문제였다면, 모두에게 공평하게 주면 끝날 일이라는 거지.

그 구조 안에서 내가 애썼다는 얘기는 할 필요도 없는 거였어.

그런 생각이 떠오르니까 정신이 들었어. 아, 내가 이렇게 감정적으로 아파할 일이 아니구나. 내 감정이 문제가 아니구나. 미래의 내가 현재로 와서 멱살을 잡고 말하는 것 같더라니까. 이것 봐, 시스템이 잘못됐다니까!"

"내가 100년 전부터 얘기하고 있었는데 그때 겨우 알아들었구나."

"그러니까. 문제는 구조였어. 나와 부모님이 자기에게 가해자라는 것을 인정하고, 구조를 직시해야 우리가 새로운 관계를 만들어나갈 수 있는 거였어. 그런데 나는 자꾸 나와 부모님의 노력을 알아달라고 호소하고만 있었던 거야. 자기 입장에서 보면 이 잘못된 위계 구조가 아무것도 바뀌지 않았는데…. 달라진 게 없는데 우리 노력을 알아달라고만 하는 건, 자기에게 이 위계를 받아들이라고 좋게 타이르는 소리에 지나지 않았던 거지."

나는 여기까지 당신을 데려오기가 참 힘들었다고, 그래도 잘 따라와줘서 고맙다고 얘기했다. 그리고 말했다. 우리 이혼하면 어떨까? 다시 예전처럼 동거인으로 돌아가는 거야. 기존의 결혼 제도 안에서 가부장제를 벗어난 가족을 만들 수가 있을까? 결혼 제도 바깥으로 나가야 우리가 바라는 가족을 이룰 수 있는 게 아닐까? 두현은 그럴지도 모르겠다며, 함께 답을 찾아보자고 했다.

두현의 어머니는 내가 연재한 글을 보고 두현에게 물었다. 민정이가 아직도 화가 나 있는지, 자신에게 안 좋은 감정이 있는지. 두현은 민정이는 안 좋은 감정을 가진 적이 없으며, 문제는 그런 것이 아니라고 말했다. 두현은 부모님과 저녁을 먹으며 설명했다.

"형이랑 저는 옛날에 술 마시면서 이렇게 얘기했던 적이 있어요. 우리 집에 시집올 여자들은 정말 편할 거다. 부모님도 좋은 분들이지, 제사도 안 지내지…. 지금 생각하면 얼마나 오만한 생각이었는지 몰라요. 저는 이번에 호칭을 놓고 벌어진 갈등이 우리들의 오만함에 대한 대가였다는 생각이 들어요.

어머니도 얼마 전에 다 같이 명절에 모였을 때 '우리 며느리들은 편하겠네'라고 말씀하신 적이 있잖아요? 그렇게 얘기하면 안 되는 거였어요. 민정이는 어머니나 아버지가 그런 시혜적인 마음으로 자신을 대하는 걸 바라지 않아요. 바라지 않는 것 정도가 아니라 민정이가 싸우려는 대상이 그런 생각들이에요."

두현의 아버지는 묵묵히 두현의 말을 들었다. 두현의 어머니는 난처하다는 듯 웃으며 말했다.

"너무 어렵구나…."

연말이 됐을 때 두현의 어머니가 두현에게 전화를 걸어서 울적하다고 말했다. 두현의 아버지도 곧 일흔에 가까워지고, 자신도 자꾸 나이가 들었다는 생각이 들면서 여러 가지가 예전 같지 않다는 것이었다. 그리고 나의 안부를 물으면서 언제든지 민정이가 연락하고 싶을 때 연락하라고, 계속 기다리겠다고 말했다.

나는 이야기를 듣고 두현 부모님의 쓸쓸함에 마음이 쓰였다. 두현 어머니의 말이 못내 마음이 걸리는 이유는 내 안의 유교적 가르침 때문인가? 나쁜 며느리가 되는 것에 대한 죄책감 때문인가?

아니었다. 젊은이인 나에게는 새로운 일, 관계, 사건이 얼마든지 약속되어 있었다. 그 약속이 실행될 것인가와는 별개로 가능성이 존재했다. 그것이 젊음의 권력이었다. 그에 비해 두현의 부모님은 앞으로 새로 가지게 될 것보다 놓게 될 것이 더 많은 인생의 시기를 지나고 있었다. 어쩌면 두현의 부모님에게는 지금 가진 것이 전부일지도 몰랐다.

두현의 부모님과 나는 시부모와 며느리이기도 했지만, 노인과 청년이기도 했다. 우리 부부와 두현의 부모님이 서로 멀어진다고 해도 떠나가는 사람은 두현과 나이고, 남겨지는 사람은 두현의 부모님이 될 수밖에 없다는 생각이 스쳐 갔다. 내가 읽어왔던 책에서 청년은 늘 길을 떠났고 노인은 그를 기다렸다.

어느 날 두현의 어머니가 두 달 동안 여행을 떠난다고 소식을 전해 왔다. 출국하기 전에 두현의 어머니는 나에게 편지를 썼다.

"민정이가 어떻게 생각할지 모르겠지만⋯."

두현의 어머니는 망설이면서 두현에게 편지를 줬다. 두현이 집으로 돌아와서 나에게 편지를 건넸다. 나는 편지를 펼쳤다. 'perfect world'라는 문구가 인쇄된 편지지에 손글씨가 적혀 있었다.

민정 님!
민정이가 좋아할지 모르겠지만 이렇게라도 해야 할 것 같아 펜을 들었다. 네 글을 읽고 우리 부부가 미처 몰랐던 사실을 알게 되었구나. 민정이 심정을 다 알 수는 없지만, 무엇인지는 느끼게 되었고, 공감도 되고⋯. 우리가 민정이를 불편하고

힘들게 했던 일들을 사과하고 싶구나. 미안하고 조심할게.

우리 부부는 너희 둘이 행복하게 잘 살아주길 바라고, 예전에도 지금도 두 사람을 좋아하고 사랑하고 있어. 건강 챙기는 일이 최우선이니 소홀하지 않길 바란다.

두현이 엄마, 아빠가.

나는 두현의 어머니에게 여행이 끝나고 나면 다 같이 만나자고 문자메시지를 보냈다. 2019년 1월. 내가 대화방에 호칭을 바꾸자고 얘기한 지 1년이 됐을 무렵이었다.

우리 집에 시집올 여자들은 정말 편할 거다 부모님도 좋은 분들이지, 제사도 안 지내지… 지금 생각하면 얼마나 오만한 생각이었는지 몰라요 저는 이번에 호칭을 놓고 벌어진 갈등이 우리들의 오만함에 대한 대가였다는 생각이 들어요

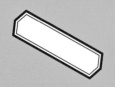

나는 내 마음에 맞는 사람과
함께 일상을 가꾸어가길 원한다
동반자와의 관계를 법과 제도를 통해
보호받고 지원받길 원한다
동시에 여자의 삶을 착취하며
유지되는 가부장제가 사라지길 원한다

지속 가능한 일상의 정치를 위해

2019년 1월, 여성가족부는 성 비대칭적 가족 호칭 개선 작업의 일환으로 '가족 호칭에 대한 국민 생각 조사'를 실시했다. '시댁/처가'를 비롯해서 '도련님, 아가씨/처남, 처제', '할아버지, 할머니/외할아버지, 외할머니' 등이 개선해야 할 대상으로 제시됐다. 약 한 달 동안 총 3만 8,000여 명의 시민들이 설문에 참여해 의견을 남겼다.

  ─ 호칭은 관계에 중요한 영향을 미칩니다. 서로를 존중할 수 있는 적절한 호칭이 생겼으면 합니다.

  ─ 언어는 곧 생각이 되고 행동으로 이어집니다. 시대착오적인 언어는 고쳐나가는 것이 바람직합니다.

  ─ 서로를 부르는 호칭, 별것 아닌 것 같아도 서로를 대하는 태도는 그 작은 것에서 비롯됩니다. 옛 방식을 버리고 서로를 평등하

게 대해야 우리나라 가정의 미래가 밝아질 것입니다.

　설문 참여자의 95퍼센트는 '가족 내에서 부르거나 가리키는 말에 문제의식을 갖는 것에 공감한다'고 답했다. 여성가족부는 2019년까지 새로운 가족 호칭을 정리해서 권고안을 마련하겠다고 발표했다.

　여성가족부의 설문 조사가 시작되면서 '가족 호칭'은 세간의 화제로 떠올랐다. 뉴스가 쏟아지던 시기에 한 친구에게서 연락이 왔다. 내가 호칭 문제를 두고 가족 안팎에서 싸운 과정을 처음부터 지켜본 친구였다. 그는 며칠 전 시가 모임에서 배우자의 남동생이 가족 호칭을 바꾸면 어떨지 이야기를 꺼냈다고 했다. 친구도 이제까지 '도련님'이라는 호칭을 쓰기 민망했다면서, 자신의 가족들이 모인 식탁에서 이 이야기가 나오니 변화가 실감이 난다고 말했다. 나는 친구의 문자메시지를 보고 감개무량하다고 답장을 보냈다. 2018년 초에 1인

시위를 할 때는 가족 호칭이 왜 문제인지 감도 잡을 수 없다는 반응이 많았는데, 언론에서 이에 대한 이야기가 지속적으로 나오면서 사회의 인식도 조금씩 바뀌는 것 같았다.

가족 호칭 문제를 보도한 기사를 보면 성차별이 노골적으로 드러나는 '도련님', '아가씨' 호칭을 바꾸어야 한다는 의견이 가장 많았다. 더불어 가족 호칭의 이면에 숨어 있는 '서열'이라는 문제에 주목하는 이야기도 하나둘 나오기 시작했다.

이 에세이를 온라인에 연재했을 때 두 명의 누리꾼 사이에서 흥미로운 논쟁이 벌어졌다.

- A: 시가 쪽에만 '님'자를 붙여서 부르는 게 불편하다면 개선해야 할 문제지요. 중요한 건 '서열'이라는 것입니다. 위아래는 있어야죠. 가족을 다 동급이라고 가르치면 집안의 대소사가 있을 때 누구의 발언권에 더 힘이 실리겠어요? 그렇게 해서 집안이 잘 돌아가겠어요? 남자인 나도 처갓집에서는 배우자의 서열에 맞춰서 나보다

어린 처남, 처형, 동서를 윗사람으로 모십니다. 그게 당연하죠.

  - B: '서열'이라니…. 참 놀랍고 구시대적인 단어네요. 서열이
나 수직적인 구조로 짜인 관계에서 갈등과 벽이 발생합니다. 세대
간 갈등의 시발점이 되는 거죠. 가족은 사랑하며 살아가는 공동체
이지 줄 세워야 하는 말이 아닙니다.

  - A: 저는 나이가 어려도 형수가 저보다 윗사람이고 어른이라
고 생각해요. 무조건 복종하는 관계는 아니라도 위아래가 있는 거
죠. 댓글 다신 분은 혹시 〈아들과 딸〉 드라마에 나온 귀남이 누나처
럼 자라오셨어요? 딸이고 여자라고 차별받는 그런 삶요. 님이 자라
온 환경 때문에 이런 생각을 하는 건가요?

  - B: 제 생각에 가족 사이에서 필요한 것은 서열, 가르침, 위아
래가 아니라 상호 존중, 소통, 예의, 예절뿐입니다. A님의 생각은 다

를 수도 있겠죠. 〈아들과 딸〉을 찾아보니 제가 한글도 모를 때 방영한 드라마네요. 참… 세대 간의 벽을 다시 한 번 실감하고 갑니다.

　－A: B님은 그냥 그렇게 사세요. 가족이 위아래도 없이 모두 평등하게…. 집안 꼴 잘 돌아가겠네요.

　두 사람의 댓글에서 확인할 수 있듯이 오늘날의 호칭 논란 이면에는 가족을 어떠한 집단으로 인식하는지에 따른 가치관의 대립이 있다. 연장자 남자를 필두로 하위 구성원들이 줄 세워지는 수직적 질서와, 모두가 평등한 개인으로 만나는 수평적 관계의 대립. 수직적 질서를 옹호하는 이들은 '서열'이 사라지는 순간 가족이 해체될 것이라고 생각하고, 후자는 이 '서열'이 구성원의 소통을 막기 때문에 가족이 해체되고 있다고 생각한다. 나는 후자의 관점에 동의한다. 집단의 유지가 개인의 생계와 직결됐던 과거의 대가족 모델이 해체된 오늘날,

'서열'로 개인을 억압하는 가족이 유지될 수 있을까? 다스릴 백성이 없는 왕은 몰락할 수밖에 없다. 또한 이 서열 문화는 소통에 장벽이 될 뿐 아니라, 우리의 삶 자체를 파괴하는 요인이기도 하다.

글을 마무리하는 시점에서 유년 시절의 내가 가족에게 일방적으로 폭력을 당하는 피해자가 아니었다는 점을 고백하고 싶다. 내가 아홉 살 때의 일이다. 여섯 살이었던 남동생이 아파트 놀이터에서 친구들과 놀다가 캐치볼 공과 글러브를 가지러 집으로 돌아왔다. 동생은 현관에 서서 집 안에 있는 사람들을 향해 물건을 좀 갖다달라고 말했다. 나는 캐치볼 세트를 가지고 걸어가다가 갑자기 심사가 뒤틀리는 것을 느꼈다. 현관에 서서 물건을 갖다달라고 말하는 동생의 행동이 '건방지다'는 생각이 든 것이다. 나는 동생에게 다가가서 얼굴을 후려쳤고, 난데없이 얻어맞은 동생은 울음을 터뜨렸다. 방 안에 있던 할머니가 '왜 가만히 있는 애를 때리냐'며 달려왔다. 나는 캐치볼 세트를 동생의 발치에 내팽개치며 말했다.

"교육을 시키려고."

이런 말은 언제 배운 것일까? 나는 그 어린 나이에도 아버지, 어머니, 나, 동생 순으로 가족 안에서 위계가 있다고 생각했다. 나는 동생에게 예우를 받아야 하는 사람이며, 그의 행동이 내 기준에 미치지 못하면 폭력을 휘두를 권리가 있다고 믿었다. 마냥 즐거운 표정으로 내가 가져오는 캐치볼 세트를 보고 있다가 이내 충격으로 일그러지던 동생의 얼굴이 또렷하게 떠오른다. 자신에게 왜 이런 행동을 하느냐는 질문이 떠도는 눈. 이런 행동을 감내해야 한다는 무력감에 허물어지던 얼굴. 놀라운 것은 어린 시절의 내가 동생을 좋아했다는 사실이다. 나는 나의 서열 의식 때문에 사랑하는 사람을 짓밟았고, 그것은 곧 내 삶을 파괴하는 행위였다.

배우자 형 부부 아기의 백일잔치에서 돌아온 날, 나는 홀로 집에서 울었다. 이제 겨우 내가 사랑할 수 있는 가족을 찾았다고 생각했는데…. 내 선택으로 이루어진 가족 관계 안에 또다시 가부장적인 서열 문화가 스며들고 있었다. 백일잔치에서 벌어진 일들은 내가 살면서 필사적으로 몰아내려 했던 장면을 고스란히 되살렸다. 나는 여전히 아버지의 그림자를 피해서 맨발로 밤거리를 달리는 어린아이에 불과한가? 열심히 도망쳐서 찾아낸 안식처도 결국 가부장제의 손바닥 안인가? 베개에 얼굴을 묻고 울고 있을 때 머릿속에 짧은 말이 떠올랐다.

어린 여자아이들은 영원히 어리지 않다. 강력한 여성으로 변해 당신의 세계를 박살 내러 돌아온다.

이것은 2018년에 미국에서 체조 국가 대표 팀 전 주치의의 성폭행 사건을 심판할 때, 피해자 여성이 법정에 서서 한 말이다. 피하고 도망치는 것이 지금까지의 내 삶이었다면, 이제는 달리기를 멈춰야 할 때라는 생각이 들었다. 도망칠 곳이 없다면 뒤를 돌아보자. 나를 쫓아오는 것들의 멱살을 잡고 맞붙어보자. 가족 호칭을 놓고 한 해 동안 여러 가지 사건을 겪으면서 내가 눈물을 흘린 것은 그때가 처음이자 마지막이었다. 나는 서러움이나 억울함이 없는 투명한 시선으로 나에게 일어나는 일들을 보고 싶었다. 개인의 삶을 파괴하는 가부장제의 논리를 파악하고 싶었고, 약점을 찾아서 무너뜨리고 싶었다.

컵을 들고 돌아다니던 시기에 많은 여자를 만났다. 내 걸음이 닿는 자리마다 자신에게 가해지는 억압과 폭력에 분개하는 여자들이 있었다. 우리들은 이야기했다. 다이어트를 하고, 브래지어를 입고, 겨드랑이 털을 깎으라는 문화적 압력에 대해. 가정 폭력, 성추행, 강간에 대해. 사회는 여러 가지 장치를 통해 여자의 신체를 통제했다. 가족 호칭이라는 관습도 그

중 한 가지였다. 나는 사람들과 이야기하며 여성으로서의 자신을 자각해갔다. 내가 한국 사회에서 한 여자로서 존엄하게 살기 위해서는 이 유구한 억압의 고리를 끊어야 했다.

이 글을 쓴 이후 '이혼하라'는 댓글을 참 많이 받았다. 일각에서는 전통적인 가족 호칭과 서열 문화가 싫다면 잔말 말고 이혼하라고 목소리를 높였고, 또 다른 쪽에서는 기혼 여성은 가부장제 유지에 기여할 뿐이니 '탈혼'만이 정답이라고 목소리를 높였다. 전자는 가부장제의 기득권인 남성 집단의 반응이고, 후자는 가부장제 해체를 원하는 여성 집단에서 나온 목소리였다. 판이하게 성격이 다른 두 집단에서 결혼 제도 밖으로 나가라는 똑같은 말이 나온 것이다. 나는 이 현상을 보고 생각했다. 이혼 혹은 탈혼은 이 싸움을 끝내는 너무 쉬운 방법이 아닐까?

사회에서 전형적인 선택지로 주어지는 것에는 늘 함정이 있다. 나는 결혼을 통해 이 사실을 뼈저리게 깨달았다. 이혼

혹은 탈혼은 과연 이 전형성에서 벗어난 선택인가? '가부장제의 수용' 아니면 '관계의 단절'이라는 이분법적인 선택지만이 나에게 주어진 것인가? 나는 이것 또한 가부장제의 작동 방식 중 하나가 아닌지 의심했다. 결혼 제도 안에서 가부장제에 반기를 든 불순물을 제거하는 것. 수용을 선택하면 개인의 존엄을 잃고, 거부를 선택하면 관계가 단절되는 선택지로 여자를 밀어 넣는 것.

나는 내 마음에 맞는 사람과 함께 일상을 가꾸어가길 원한다. 동반자와의 관계를 법과 제도를 통해 보호받고 지원받길 원한다. 동시에 여자의 삶을 착취하며 유지되는 가부장제가 사라지길 원한다. 나는 사랑을 원하고, 내 관계에 대한 사회적 인정과 제도적 보호를 원하며, 여성 인권의 향상을 원한다. 이 모든 것이 내 욕망이고, 동시에 내가 시민으로서 보장받아야 하는 삶의 권리다. 나는 여자라는 이유만으로 내가 원하는 것을 한 가지라도 포기하고 싶지 않다. 이 모든 것에 대한 권리를 얻기 위해 싸우고 싶다.

　예컨대 명절에 남자들이 놀고 여자들만 가사 노동을 하는 것이 문제라면, 명절 문화를 보이콧할 수도 있고, 배우자를 설득해서 주방으로 이끌 수도 있다. 또한 그 집의 서열 꼭대기에 있는 연장자 남자에게 앞치마를 내밀고 노동을 요구할 수도 있다. 상대방이 거부한다면 부딪쳐보는 것도 우리의 선택지 중 하나다. 나는 결혼한 여자가 귀에 못이 박히도록 듣는 말, '갈등을 최소화하며 현명하게 변화를 끌어내라'는 목소리를 단호하게 거부한다. 그런 말들은 변화가 일어나기까지의 시간 동안 여자에게 차별을 감내하라는 주문과 다르지 않다. 많은 사람이 '가정의 평화'가 중요하다고 말하지만, 실상을 들여다보면 그 평화 밑에는 여자, 특히 '며느리'의 인내가 깔려 있다. 나는 약자의 침묵으로 가정의 평화를 유지하는 것보다, 구성원들이 부딪치고 갈등하며 합의점을 찾아가는 것이 더 건강한 관계라고 생각한다. 사회의 민주주의가 그러하듯이.

1년 동안 싸움이 이어진 이후 나와 배우자의 부모님은 서로와의 관계를 조심스럽게 다시 시작하고 있다. 배우자의 형은 갈등을 잘 해결하고 싶다고 하면서도, 호칭이나 서열에 대한 이야기가 더는 나오지 않았으면 좋겠다고 갈팡질팡하는 상태다.

　자신의 자리에서 얼마만큼 움직일 것인가? 이 싸움을 통해 무엇을 배우고, 어떻게 변할 것인가? 나는 나와 배우자, 시가 구성원 모두와 함께 이 숙제를 풀고 싶다. 내 싸움의 과정이 한국 사회에서 가족이라는 집단의 변화를 모색해본 의미 있는 시도로 읽히길 바란다.

많은 사람이 '가정의 평화'가 중요하다고
말하지만, 실상을 들여다보면 그 평화 밑에는
여자, 특히 '며느리'의 인내가 깔려 있다

나는 약자의 침묵으로 가정의 평화를
유지하는 것보다, 구성원들이 부딪치고
갈등하며 합의점을 찾아가는 것이
더 건강한 관계라고 생각한다
사회의 민주주의가 그러하듯이

적절한 호칭을 찾는 여행을 시작하겠다는 선언

- **노명우** (사회학자, 니은서점 마스터 북텐더)

호메로스의 《일리아드》와 《오디세이》에 따르면, 외눈박이 괴물 폴리페모스는 고향 이타카로 돌아가던 오디세우스를 포로로 잡는다. 잡힌 오디세우스에게 폴리페모스가 이름을 묻자, 오디세우스는 자신을 '우데이스'라고 말한다. '아무도 아니다'라는 뜻을 지닌 '우데이스'는, 식인 풍습을 지녔던 폴리페모스에게 꼼짝없이 잡아먹히게 된 운명에 처한 오디세우스가 살아남기 위해 생각해낸 꾀였다. 폴리페모스가 포도주를 마시고 깊은 잠에 빠지자, 오디세우스는 부하들과 함께 불에 달군 통나무로 거인 괴물인 폴리페모스의 눈을 찌른다. 폴리페모스는 오디세우스가 자신의 눈을 찔렀다는 사실을 알고, 다른 폴리페모스에게 도움을 요청하기 위해 이렇게 소리친다. "우데이스가 나를 찔렀다"라고. 하지만 이 외침은 다른 폴리페모스에게 도움을 요청하는 뜻으로 전달되지 않는다. 다른 폴리페모스는 "우데이스가 나를 찔렀다"라는 외침을 "아무도 나를 찌르지 않았다"로 알아들었기 때문이다. 오디세우스가 자신을 '우데이스'라 부르게 함으로써 오디세우스는 도저히 힘으로는 제압할 수 없었던 폴리페모스로부터 도망칠 수 있었다.

가족 호칭에 빗댄 고대 서사시의 예는 '호칭'이 단지 '호칭'이 아니라는 것을 상징한다. 다수가 말하는 '호칭'은 '호칭'일 뿐이라는 공허한 주장과 다르게, '호칭' 안에는 오래된 사회적 관습이 반영되어 있다. 하지만 우리는 대체로 '호칭'에 담긴 내력이나 유래, 그 '호칭'이 발휘하는 효과의 긍정성과 부정성을 염두에 두지 않는다. 어떠한 관계 안에서 서로를 지칭하는 호칭이 매뉴얼처럼 정해져 있을 경우 고유명사 대신 습관적으로 호칭을 부를 뿐이다. 폴리페모스는 '우데이스'라고 오디세우스를 불렀을 때 발생할 효과를 알지 못했다. 덩치는 크지만 지성적 능력은 갖추지 못한 바보 괴물 폴리페모스는 우리가 살고 있는 시대에도 있을 수 있다.

세상 모든 것이 변한다. 대부분 그러한 변화는 인간의 의지로부터 시작된다. 잘못을 잘못이라고 지적하고 개선하려는 의지가 변화의 시작점이 되는 것이다. 가족이라고 별 수 없다. 가족도 변한다. 모든 것이 쉽게 변화하는 세상에서 가족만은 변화하지 않는 어떤 가치를 반영해주기를 기대하지만, 가족 역시 사회제도인 한 변화로부터 자유로울 수 없다. 실제로 가족은 급격히 변했다. 대가족은 사라졌다. 핵가족의 시대를 지나, 이제는 정상가족이라는 신화조차도 의심되기 시작하는 세상이다. 이성애 가족, 4인 가족의 환상으로 길들여진 우리 자신을 깨뜨리기 시작한 것은 매우 유의미한 발전이다.

그런데 가족 내의 가족 호칭은 변하지 않았다. 가족이 변화하는 속도와 달리 박제되어 있는 가족 호칭이 충돌하는 상황 속에서 우리는 더 이상 호칭은 그저 호칭일 뿐이라는 말을 되풀이 할 수 없다. 더군다나 다수가 말하는 '변화하지 않았으면 하는 가치'의 본질이 무엇인지, 어떤 기준으로 '바꿀 것'과 '바꾸지 않을 것'을 그토록 당당하게 주장할 수 있는지는 생각해볼 문제다. 혹시 우리는 지금 내가 있는 자리에서의 편함만을 지키기 위해 누군가의 불편함은 적당히 모른 체하는 것이 아닐까.

여기 관습화된 가족 호칭에 의문을 품는 사람이 있다. "나는 당신들의 아랫사람이 아닙니다"라는 선언은 습관과 변화한 현실 사이의 괴리를 세상에 낱낱이 들어내 보이겠다는 선언이기도 하다. 그리고 적절한 호칭을 찾는 여행을 시작하겠다는 선언이기도 하다. 목적지가 어디인지는 아직은 알 수 없지만, 적절한 호칭을 찾는 여행을 시작했다는 점이 중요하다. 우리는 언젠가는 함께 그 목적지에 도달해야 한다.

생각의 불균형을 균형 있게 찾아가는 메시지

- **신지영** (고려대학교 국어국문학과 교수, 《언어의 줄다리기》 저자)

한국어를 연구하는 한 사람으로서, 그리고 이 사회에서 가장 필요한 것이 '소통'이라고 늘 생각하고 있는 한 사람으로서 이 책의 출판에 대한 내 감정은 '반가움'과 '고마움', 그리고 '놀라움'으로 요약할 수 있다.

우선 '반가움'이란, 언어의 문제가 그리 단순하지 않음을 저자가 자신의 경험으로 설득력 있게 풀어내 책으로 출간한다는 점이다. 아주 일상적인 삶에서 벌어지는 언어의 문제를 통해, 우리에게 언어가 무엇인지를 다시 한 번 일깨워준다. 이 책의 출간이 한국어를 연구하는 한 사람으로서 몹시 반가운 이유다.

멈출까 말까의 마음속 줄다리기를 이겨내고 끝까지 가보려는 용기를 낸 저자에게 보내는 내 마음은 '고마움'이다. 책의 곳곳에서 고백하듯이 저자는 가족 호칭 문제를 제기한 후에 다양한 흔들림을 경험하게 된다. 우선 가족과의 격한 갈등을 겪으며 그만 멈춰야 하는 것이 아니냐는 자신의 마음속 흔들림에 지속적으로 답해야 했다. 또, 왜 평온한 가정에 풍파를 일으키느냐는 다른 가족들의 끊임없는 문제 제기에도 지치지 않고 일관성을 유지하며 답해야 했다. 지치지 않고 자신의 목소리를 선명하게 드러내준 저자에게 고마움을 넘어 경의를 표한다. 그리고 그 용기를 배운다.

마지막으로 '놀라움'이란 가족 호칭 문제로 인한 갈등을 통해 문제의 근원이 무엇인지를 정확히 꿰뚫어가며 성장하는 저자의 변화 과정과, 저자의 배우자가 보여준 성장 과정을 지켜보며 내가 느낀 감정이다. 저자는 가족 호칭 문제를 제기한 후, 예기치 못한 갈등에 당면한다. 하지만 오히려 그러한 갈등을 마주하며 정확히 호칭 문제의 근원이 무엇인지를 깊이 따져 들어간다. 그리고 그것을 피하지 않고 정면 돌파함으로써, 자신의 개인적 경험과 우리 사회의 역사적 경험으로 거슬러올라가 그 근원을 깨닫는다. 배우자 역시 저자와 함께 깨달아가면서 저자가 서 있는 자리를 아파하고 이러한 현실구조를 답답하게 여긴다.

가족 호칭이 불편하다고 하는 사람들을 향해 아직은 대부분 다음과 같은 반응을 보인다. '뭐라고 부르든 그게 뭐 그렇게 중요하냐, 그렇게 부른다고 그게 특별한 뜻이 있는 것도 아니다, 나도 다 그렇게 부르며 살아왔다, 쓸데없이 왜 그렇게 예민하게 구느냐, 별것도 아닌 걸 가지고 문제 삼는다, 할 일이 정말 없나 보다, 전통을 무시하고 서양 문화를 따르려는 거냐' 등이다. 관련 기사 댓글 역시 위와 같은 부정적인 내용으로 가득하다.

일반적으로는 상대를 일부러 낮추고 깔보기 위해, 그리고 차별의 목적을 가지고 의도적으로 상대가 불편하다고 하는 호칭을 쓰는 사람은 많지 않다. 그리고 그런 의도로 그 호칭을 사용하는 사람이라면 크게 억울하지도 않을 것이다. 대부분의 경우는 몰라서, 그리고 그간 그렇게 써왔으니 당연한 것 아니냐고 답한다. 관용어처럼 쓰는 말을 지적받으니 더욱 반감이 생기고 방어하게 되는 것이다.

하지만 불편함을 호소하는 상대에게 무지와 무비판적 태도로 기존의 관습을 그대로 따라야 한다고 강요하는 것은 성숙한 태도라고 할 수 없다. 관련 지식을 갖추고, 문제의식에 귀를 기울여본 후에 자신의 생각을 더해서 판단하는 것이 성숙한 태도다. 그리고 서로 목소리를 내며 치열하게 서로의 생각을 충돌시키며 논쟁해야 한다. 그래야 생각이 바뀌게 된다.

우리는 자주 '일상에서 시시콜콜 따지는 게 무슨 소용이야?'라고 질문을 던진다. 문제는 자신이 따지는 일상의 문제는 시시콜콜하다고 절대로 생각하지 않는다는 데 있다. 대개는 상대가 따지는 문제는 시시콜콜하고, 내가 따지는 문제는 시시콜콜하지 않다고 생각한다. 이러한 불균형의 인식을 특히 '윗사람'이라고 자리매김되는 사람들에게서 더 자주 보게된다. 윗사람을 불편하게 하는 논쟁은 '도전'의 의도가 있다고 해석하는 태도는 우리의 일상을 비민주적이고 불평등하게 만들어서 다양한 참사를 초래한다. 그리고 그 참사의 원인을 정확히 진단하지 못하게 마비시킨다.

 이러한 맥락에서 이 책은 우리의 일상을 돌아보게 하는 힘을 준다. 그리고 일상의 민주주의를 어떻게 달성해갈 수 있는지를 안내한다. 아주 일상적인 일들에 문제를 던지고 끝까지 치열하게 그 답을 찾아가는 것의 중요성을 깨닫게 해준다. 그 치열한 깨달음을 함께 나눌 수 있는 기회를 준 저자의 용기에 다시 한 번 큰 박수를 보낸다.

호칭은 사회적인 위치에 대한 상징

— **은하선** (《이기적 섹스》 저자)

맞벌이 가구 비율이 45.5퍼센트인데 여전히 많은 남성은 결혼 후 자신의 여성 파트너를 '집사람'이라고 부른다. 집에만 있으라는 건지 집에만 있었으면 좋겠다는 건지 모르겠다. 호칭에 대한 문제제기는 내가 불리고 싶은 호칭을 말하는 것을 뛰어넘어 내가 서 있는 자리를 넓히고 사회에 더 많은 고민을 던진다.

'나도 같은 가족 구성원으로 대우받고 싶다'는 당연한 주장이 이 책의 시작점이다. 유치하게 호칭가지고 그러냐고 말하는 사람들에게 나는 이렇게 답하고 싶다. 호칭은 사회적인 위치에 대한 상징이라고. 아무도 나를 존중하지 않는다는 사실은 타인이 나를 부르는 '호칭'을 통해 알게 된다. 가족인 줄 알았는데 알고 보니 아랫사람이 되어버렸다면 어떻게 해야 할까. 가족이 모여 사회를 이룬다면 가족 안에서 일어나는 일이 곧 사회를 비추는 작은 거울이나 마찬가지다. 이 책의 저자를 응원할 수밖에 없는 이유다.

싸움을 좋아하는 사람이 어디 있겠는가. 싸움은 피곤하고 쉽지 않다. 평온한 삶을 원하지 않는 사람은 없다. 저자는 너만 조용히 하면 아무 문제없다고 건방지게 말하는 사람들 사이에서 또 다른 나를 찾아내고 나와 나의 끈끈한 연결고리를 만들어간다. 자신이 나가는 믿을 만한 모임 사람들에게 나의 싸움을 알리는 것도 연결고리를 만드는 방법이다. 둘 이상이 불편하다면 분명 문제가 있는 것이다. 내가 조용히 해도 문제는 지속될 거라는 믿음이 싸움을 지속할 수 있는 힘이 된다. 참고 살지 않겠다는 다짐은 세상을 변화시킨다. 이 책을 보고 싸움을 시작하는 더 많은 사람이 생겨나길 바란다. 존중받기 위한 싸움은 지금부터 시작이다.

분노를 잃지 않기에 용기가 되는 목소리

- 최지은 (《괜찮지 않습니다》 저자)

세상을 바꾸려는 의지를 가진 페미니스트에게 가장 어려운 문제는 어쩌면 내 주변과 일상을 바꾸는 것이 아닐까. 나 역시 가까이 있는 문제를 일단 외면하거나 건너뛴 채, 먼 곳을 향해서만 외치고 있다는 생각이 들 때마다 내 삶에 뿌리내린 모순을 인정할 수밖에 없었다. 그런데 이 책의 저자 배윤민정이 한국여성민우회 홈페이지에 '청오리'라는 닉네임으로 연재했던 '가족 호칭 개선 투쟁기'는 신선한 충격이었다.

결혼 후 '아주버님, 도련님, 아가씨, 형님, 동서, 제수씨' 같은 호칭 사이에서 아주 오래된 차별을 깨달은 그는 시 가족들에게 '호칭을 다시 생각해보자'고 제안한다. 그리고 남편의 형과 그 배우자에게 서로 이름을 붙여 'OO 님'이라고 부르는 게 어떠냐는 그의 한마디는 평화롭던 벌집을 쑤신 것을 넘어 폭탄이라도 터뜨린 것처럼 걷잡을 수 없는 사태로 이어진다. 특히 자신이 '윗사람'이라 믿는 남자가 '아랫사람'으로 여겨온 여성에게 "일상에서 시시콜콜 따지는 게 무슨 소용이야?"라며 문제를 뭉개고 미성숙하게 대처하는 광경, 문화와 진보를 말하던 사람들이 가족 내 위계질서만은 금과옥조인 양 지키려는 모습 등은 생생한 블랙 코미디처럼 쓴웃음을 짓게 한다.

"성폭력이 불균형한 권력관계에서 일어나는 것처럼, 호칭 차별 역시 가족 안에서의 권력 차이 때문에 벌어지는 현상이다. 차별적인 언어는 차별적인 인식을 만든다. 사회에서 벌어지는 각종 성폭력은 가정에서 언어를 통해 만들어진 여남 관계에 대한 인식과 결코 무관하지 않다.

사람은 언어를 통해 세계를 인식하기에, 우리들은 좀처럼 이바깥을 상상할 수가 없다. 남자들은 상상할 필요가 없는지도 모른다. 그들은 자신에게 돌아올 과실을 기다리며 가부장의 질서에 복종한다. 여자들에게는 복종의 태도가 미덕이라는 이름으로 권장된다. 침묵하는 것. 순종하는 것. 이 공동체 안에서 가부장의 질서가 잘 돌아가도록 매끄러운 윤활유가 되어주는 것.

(본문 180쪽)

　여성에겐 주어지지 않았던 '사소한 정의'를 찾기 위한 길고도 외로운 싸움을 통해 저자는 가부장제의 자연스럽고 평온한 질서가 실은 얼마나 편협하고 우습고 하찮은 것인지 낱낱이 까발린다. 그리고 자신이 안고 있던 모순 또한 직시한다.

　"나는 결혼을 통해서 내가 얻게 될 것을 생각했다. 양가에서 분배되는 재산, 신혼부부에게 주어지는 주거 혜택, '가족'을 이루었다는 안정감. (중략) 나만큼은 결혼한 여자들이 걸려 넘어지는 허들을 모조리 피할 수 있다고 생각하며, 나는 자신만만하게 미소 지었다."

(본문 23쪽)

　바다를 떠다니는 한 장의 널빤지에서 작은 뗏목의 일원이

된 것 같다는 안도감을 얻으며 결혼이라는 제도를 향해 걸어 들어가던 순간의 자신을, 저자는 누구보다 냉정하게 돌아본다. 이러한 솔직함과 더불어 그가 가진 또 하나의 미덕은 집 요함이다. 가부장제가 지닌 거대한 기만에 눈감은 결과 '그깟 호칭' 문제로 자신의 존재가 흔들리는 경험을 하면서, 그는 불의를 참지 않고 참을성 있게 전진한다.

물론 이 책에 '고부 갈등 완전 해결'이나 '형님-동서 기 싸움' 같은 막장 드라마 식 '사이다 썰'은 등장하지 않는다. 가족 단톡방에서 문제를 제기하고 광장으로 나가 목소리를 내고 '사전'과 '언중' 사이 지워진 여성들의 존재와 언어를 탐구하는 그의 싸움은 "기존의 가부장적 호칭 문화를 해체하려면 또다시 가부장의 권력이 필요한 걸까?", "왜 대등한 개인이 가족관계로 만났을 때는 권력자와 피권력자로 나누어지는 걸까?"처럼 끝없이 던져지는 질문의 답을 찾는 과정이다. 그래서 '그깟 호칭'에서 시작된 이 이야기는 그저 호칭에 머무르지 않고 우리를 둘러싼 세계를 향한다. 무엇보다 적당히 타협하지 않는 여성, 자신의 상처에서 눈 돌리지 않는 여성, 자신이 분노를 잃어버리는 것을 두려워하는 여성의 목소리가 뜨겁게 담겨 있다. 그의 이야기가 나에게 그러했듯 다른 누군가에게도 용기가 될 거라 믿는다.

나는 당신들의 아랫사람이 아닙니다
가족 호칭 개선 투쟁기

첫판 1쇄 펴낸날 2019년 6월 18일
　　5쇄 펴낸날 2022년 5월 25일

지은이 배윤민정
발행인 김혜경
편집인 김수진
편집기획 김교석 조한나 김단희 유승연 임지원 곽세라 전하연
디자인 한승연 성윤정
경영지원국 안정숙
마케팅 문창운 백윤진 박희원
회계 임옥희 양여진 김주연

펴낸곳 (주)도서출판 푸른숲
출판등록 2003년 12월 17일 제2003-000032호
주소 경기도 파주시 심학산로 10(서패동) 3층, 우편번호 10881
전화 031)955-9005(마케팅부), 031)955-9010(편집부)
팩스 031)955-9015(마케팅부), 031)955-9017(편집부)
홈페이지 www.prunsoop.co.kr
페이스북 www.facebook.com/prunsoop　　인스타그램 @prunsoop

ⓒ 배윤민정, 2019
ISBN 979-11-5675-787-0 (03810)